Impressum:

© 2016 Kerstin Marweg

Umschlaggestaltung, Illustration: Kerstin Marweg, Marten-Laynes Marweg

Lektorat, Korrektorat: Hans-Joachim Thießen, Finn Marweg

Übersetzung: Kerstin Marweg
weitere Mitwirkende: Hans-Joachim Thießen, Marten-Laynes Marweg

Verlag: Tredition GmbH, Hamburg

ISBN Taschenbuch: 978-3-7345-3906-0
ISBN Hardcover: 978-3-7345-3907-7
ISBN e-Book: 978-3-7345-3908-4

Durchgeknallt, hochbegabt und glücklich

von: Kerstin Marweg

Einleitung

Der Grund warum ich dieses Buch geschrieben habe ist eigentlich ganz einfach.
Immer schon hatte ich das Gefühl bzw. das Bedürfnis meine Erlebnisse festzuhalten und aufzuschreiben.
Damals dachte ich aber noch nicht daran ein Buch zu schreiben. Das Verlangen kam erst in den letzten Jahren immer stärker! Nun bin ich froh das ich es gemacht habe es hat mir viel Spaß gemacht.
Einiges habe ich auch direkt noch einmal durchlebt und musste meine Tränen beim Schreiben zurückhalten. Das war eine spannende Erfahrung.
Meinen Lesern wünsche ich gute Unterhaltung beim Lesen. Vielleicht hat der eine oder andere ähnliche Erlebnisse in seinem Leben gesammelt.

1.Kapitel

Wir beginnen in den " 90er- Jahren." Im Juni haben wir geheiratet. Wir sind Jörg und Kerstin. Mein Mann ist inzwischen fast 50 Jahre und ich momentan 46 Jahre jung. Nach der Hochzeit haben wir uns ein schönes Nest gebaut und haben dann den Wunsch gehabt Kinder zu bekommen. Zu der Zeit habe ich noch beim Kinderarzt bei uns in der Nähe gearbeitet. Es funktionierte nicht, wir wurden einfach nicht schwanger. Somit begannen wir mit einer künstlichen Befruchtung.

Ein sehr harter Weg, der eine Beziehung entweder zusammenhält oder auseinander bringt. In unserem Fall brachte sie uns mehr zusammen. Plötzlich und endlich hat es geklappt... Wir waren schwanger! Hurra. Die Schwangerschaft begann 1994 und im April 1995 kam unser erstes Wunschkind Finn auf die Welt! Vier Wochen zu früh aber der kleine war stark und wollte leben. Fünfundvierzig Zentimeter und 2130 Gramm leicht unser kleiner Schatz. Zwei Wochen musste er im Wärmebettchen liegen und an Gewicht zu nehmen. Dann bekam er auch noch eine neugeborenen Gelbsucht und das machte ihn total schlapp.

Wir waren sehr besorgt ich bin die ganze Zeit bei ihm im Krankenhaus geblieben und Jörg hat uns jeden Tag besucht, dass hat uns die nötige Kraft gegeben durchzuhalten und auf die Entlassung zu hoffen. Nun fing für uns ein total neues Leben an.

Nichts war mehr wie vorher. Aber das wollten wir ja auch so. Finn war von Anfang an sehr aufmerksam und konnte sich gar nicht an der Welt satt sehen. Die Folge war, dass er kaum geschlafen hat und hielt uns immer auf Trab. Auch Nachts wollte er alles nur nicht schlafen. Ich saß mit ihm im Sessel und erzählte ihm etwas oder sang ihm etwas vor.

Jörg half auch Nachts so gut er konnte, aber er musste ja morgens früh aufstehen und zur Arbeit gehen. Mit fünf Monaten fünf Finn an zu sprechen ! Seine ersten Worte waren: Ball ,Mama und Papa und Oma und Opa... Von da an sprach er alles nach was man ihn vorsagte. Mit sieben Monaten sprach er dann schon ganze Sätze.

Da Finn ein Frühchen war, ist er seine ganze Kindheit zu klein für sein Alter gewesen. Dieses hat ihn in seiner ganzen Entwicklung sehr stark gemacht, weil er sich immer behaupten musste. Die Krabbelgruppe haben wir besucht als er ein paar Monate war und danach dann die Spielgruppe zwei mal die Woche von 9:00 bis 12:00 Uhr. Nebenbei haben wir noch in einer Turngruppe geturnt. Wir haben also nichts ausgelassen. Die Spielgruppe wurde Finn zu langweilig und er wollte gerne in den Kindergarten gehen.

Wir beide sind in den Kindergarten gefahren mit dem Fahrrad und und schwups hatte er einen Kindergartenplatz, wo auch viele seiner Freunde waren. Dort gefiel es ihm gut und er hatte viel Spaß. Dann langte ihm das auch nicht mehr und er wollte lesen und schreiben lernen. Das konnte er dann mit vier Jahren. Nicht alles und nicht perfekt, aber die Anfänge waren da. Mit fünf dann in die Vorschule, wo ihm natürlich total langweilig war. Aber Moment, bevor Finn in die Schule kam, er war drei 3/4 Jahre alt, wurde sein kleiner Bruder Marten- Laynes im Januar 1999 geboren.

Es war für uns eine große Überraschung, als ich plötzlich schwanger war, weil die Ärzte meinten, es würde ohne Hilfe nicht klappen. Und noch mal die Strapazen mit einer künstlichen Befruchtung mit machen wollten wir nicht.

Wir waren ja schon überglücklich, als es mit Finn geklappt hat. Aber die ganzen Hormone einnehmen und die ganzen Nebenwirkungen ertragen, dass war wirklich nicht einfach.

Trotzdem habe ich es sofort gemerkt, als ich mit Laynes schwanger war. Es ist ein ganz besonderes Gefühl, nur sehr schwer zu beschreiben. Etwas war anders in meinem Körper, er tickte anders und ich hatte die Ahnung nicht mehr allein zu sein. Das war ja auch der Fall. Müde, glücklich, überwältigt von dem, was in meinem Körper passiert, sagte ich zu Jörg: ich bin mir sicher, dass ich schwanger bin!

Er wollte es gar nicht glauben. Eigentlich ging es laut Arztaussage auch nicht. Das ist ja das Wunder. Wir kauften einen Test. Tada, sofort nach einigen Sekunden sah man die Bestätigung. Dann habe ich mir ein Termin beim Frauenarzt geholt.

Der hat mir fassungslos gratuliert. Wie konnte das bei ihnen passieren? Herr Doktor, ich glaube das wissen Sie. Oder? Alles musste nun neu bedacht werden. Wir hatten uns ja darauf eingestellt, ein Kind zu haben und haben alles was Finn nicht mehr brauchte sofort wieder verkauft. Jetzt wieder alles neu kaufen. Kinderwagen, Maxi Cosi und die Erstlingsausstattung.

Außerdem brauchten wir ein größeres Auto. Wie gesagt, komplett das Leben umorganisieren. Aber wir wollten es schaffen.

So ein Geschenk! Trotz des Chaos auf der ganzen Linie bei uns. Finn hat sich aber riesig gefreut. Er wollte wissen,wann er denn mit ihr oder ihm spielen kann. Unsere Eltern waren auch aus dem Häuschen vor Freude. Meine Mama sagte nur: Mensch das kriegen wir alles gut zusammen hin. Mache dir bloß keine Gedanken und brüte in aller Ruhe dein " Ei " aus. Der Rest findet sich!

Die Schwangerschaft ist super schnell verlaufen und mir ging es auch ganz gut. Nur zum Schluss bekam ich wieder zu früh Wehen und musste ins Krankenhaus. Die Hebamme sagte: keine Panik...das Kind will heute noch auf die Welt!

Wie bitte mein Kind, nein ich bekomme heute kein Kind. Noch ein Frühchen wollten wir nicht!

Jörg war bei mir. Du kannst es steuern entspanne dich und atme die Wehen weg. Wir schaffen es. Morgen nehme ich dich wieder mit nach Hause und du lässt den kleinen noch zwei Wochen in deinem Bauch wohnen. Genauso wie Jörg es gesagt hat ist es gewesen. Die Hebamme hatte so einen Fall noch nicht, die war platt.

In der 38.

Woche ist mir dann in der Nacht die Fruchtblase geplatzt und eine Stunde später war unser Überraschungsei geboren. Jörg hat seinem zweiten Sohn auf die Welt geholfen, weil mir keiner geglaubt hat,dass er jetzt kommt. Ja ja hörte ich nur und weg waren sie. Als sie mich schreien hörten, kamen sie zurück. Was ist denn hier los bei Ihnen? Jörg rief: nun packen Sie mal mit an er ist schon da. Wie haben Sie das den gemacht? Sehr witzig.....!

Nun ist unsere Familie komplett, unsere beiden Söhne die wir uns immer gewünscht haben sind bei uns. Laynes war sehr pflegeleicht und über alles glücklich, was man mit ihm anstellte. Er hat mich immer dankbar angelächelt, was mir sehr viel Kraft gab. Eigentlich wollte ich für ein paar Stunden arbeiten gehen, aber daraus ist bis heute nichts geworden. Wir hatten nie viel Geld, aber alles was wir brauchten. Die Liebe ist für uns am wichtigsten und das Vertrauen.

2. Kapitel

Laynes begann mit sechs Monaten zu sprechen. Es ging ähnlich schnell wie mit Finn. Trotzdem sind es zwei komplett verschiedene Menschen. Aber die wichtigsten in meinem Leben. Mein lieber Mann natürlich auch, ohne ihn wären sie ja nicht da!
Laynes wollte alles können, was Finn machte. Roller fahren, klettern, schaukeln rutschen... Wir haben alles für die beiden Prinzen im Garten gehabt! Sandkasten, eine Schaukel mit Klettergerüst und eine Rutsche. Ich musste immer dabei sein und die beiden beruhigen... Es gab oft Streit.
Das waren so zwei Jahre da war ich so erschöpft, dass ich abends gleich nach den Kindern auch in mein Bett gekrochen bin, weil ich nur noch schlafen wollte, damit ich den nächsten Tag überstehe.
Da es ja kein Rückgaberecht für Kinder gibt, muss man da durch und selber nach und nach Lösungen finden, damit die Situation leichter wird. Nebenbei auch noch eine Partnerschaft zu führen, echt nicht leicht. Wir nehmen uns immer Zeit um miteinander zu reden, um einfach im Gespräch zu bleiben und den anderen nicht zu verlieren. Egal wie müde wir sind wenn es etwas zu bereden gibt, nehmen wir uns die Zeit. Keiner von uns soll unglücklich sein. Das wirkt auf alle negativ! Meine Eltern haben uns viel geholfen und uns unterstützt wo es nur ging.

So haben sie mehrfach auf die Jungs aufgepasst und wir konnten ein paar Tage irgendwohin in ein schönes Hotel und konnten mal ausschlafen...Herrlich ein Genuss und wir beide ganz allein ohne Geschrei oder Mama kommst du mal bitte eben...
Auch für Jörg war es ja nicht leicht. Nach der Arbeit hat er mich ja direkt unterstützt mit den Jungs. All die schlaflosen Nächte die dazu kamen, weil die Kinder ständig krank waren. Meistens haben wir dann alle zusammen im Ehebett geschlafen, oder wollen wir es mal so ausdrücken versucht zu schlafen. Es war viel zu eng für uns vier plus Kuscheltiere die auch mit mussten, sonst haben die Wühlmäuse gar keine Ruhe gegeben. Aber auch an die Zeit kann ich jetzt mit einem Lächeln im Gesicht zurück denken.

3. Kapitel

Anfangs war Finn häufig unterfordert in der Schule. Nach ein paar Wochen hatten wir dann unseren ersten Schulwechsel schon in der Vorschule. Es war furchtbar für ihn dort. Viele Kinder waren mit der Entwicklung weit zurück und die Lehrerin gab ihm den Auftrag den Kindern zu helfen, so hat er ihnen Farben und Zahlen erklärt. Drei Tage fand er es toll der Erklärbär zu sein, aber dann nach einer Woche merkte ich, dass etwas nicht stimmt mit ihm. Er war giftig zu jedem und schlug auch gerne mal zu! So etwas geht natürlich nicht und wir mussten herausfinden warum sein Verhalten so verändert war. Es war eine Erlösung, als Finn so langsam in Worte fassen konnte, was ihm nicht passte. So konnten wir gemeinsam einen anderen Weg mit ihm gehen, nämlich in die katholische Privatschule, wo auch. Viele seiner Freunde aus dem Kindergarten gingen.
Es war nicht einfach. Um auf diese Schule zu gehen, musste man getauft sein. Wir wollten, dass unsere Kinder selber entscheiden, ob sie getauft werden möchten. Ja Finn wollte getauft werden. Schwuppdiwupp das ganze schnell organisiert und Laynes gleich mit getauft, weil für uns klar war, dass er dort dann auch zur Schule gehen wird. Als Geschwisterkind bekommt man in dieser Schule auch leichter einen Platz... Hurra!

Einen Pastor hatten wir in der Familie. Von meinem Onkel der Bruder. So ging alles flott seinen Weg.

Es war ein schöner lustiger Tag, den alle genossen haben. Marten-Laynes hat während der Predigt die ganze Zeit dazwischen geredet und alle mussten wir lachen. Böse konnte man ihm nicht sein es war so süß! Das fand er dann toll. In der Vorschule fand Finn es dann besser, aber auch nicht gut. In der Pause durfte man kein Nutellabrot essen u. s. w.

Als er in die erste Klasse kam hatte Finn riesiges Glück er bekam die jüngste und beste Lehrerin Corinna. Die beiden verstanden sich sofort und sie erkannte auch gleich, dass Finn sehr wissbegierig ist und gab ihm extra Aufgaben zum knobeln, damit ihm nicht langweilig wird. Hat auch super funktioniert, er war immer der beste Junge in der Klasse und brauchte fast nie lernen. Einmal erklärt und drin in seiner schlauen Rübe. Hausaufgaben fand er un-nötig... Wir haben Stunden gesessen, weil er nicht bei der Sache war. Dieses war sehr anstrengend, denn Laynes war ja auch noch da und wollte auch mal etwas von mir und Finn sagte zu ihm:" Du siehst es doch... Mama hat jetzt keine Zeit für dich!"

Doch die hatte ich. Laynes hat mit in der Küche am Tisch gesessen und hat gemalt oder hat auch schon Buchstaben und Zahlen schreiben geübt.

Das fand Laynes so spannend, dass er keine Lust mehr hatte in den Kindergarten zu gehen... Dort lernt man ja nichts... Schule ist doch viel besser!

Zahlreiche Diskussionen mussten wieder geführt werden, um Laynes zu erklären, dass er mit fünf Jahren in die Vorschule kommt, wie die anderen Kinder auch. Das letzte Kindergartenjahr war somit nicht einfach mit ihm. Meine Mama hat viel geholfen, indem sie ihn mehrfach mittags abholte. Das fand er toll und so bekam ich ihn dann auch morgens dort hin.

Als Finn seine Grundschule mit der Gymnasialempfehlung geschafft hatte, stand Laynes Einschulung an in die erste Klasse.

Finn freute sich auf das Gymnasium und er hatte sich seine Schule auch selber ausgesucht. Wir haben uns mehrere Schulen angesehen und Finn hat gesagt, wo er gerne sein weiteren Schulweg ver-bringen möchte. Mit seiner Entscheidung waren wir sehr zufrieden. Leider mussten wir nach der Ein-schulung in die 5. Klasse feststellen, dass dort nur drei deutsche Kinder in seiner Klasse sind. Für Jörg und mich war es ein Schock. Finn fand es gar nicht schlimm. Puh... Glück gehabt!

4. Kapitel

Marten-Laynes erkannte schon in der Vorschule, dass er von der Schule im Allgemeinen eine ganz andere Vorstellung hatte... Oh jaa!!!

Die Arbeitsaufträge, wo er etwas sauber ausmalen sollte oder ähnliches knüllte er gleich in den Papierkorb und sagte der Lehrerin: er sei doch in der Schule um etwas zu lernen und nicht um zu malen.

Das Telefon stand hier zu Hause nicht mehr still, ständig rief mich seine Lehrerin an. Die ältere Dame war komplett überfordert mit ihm. Das er aber nur unterfordert war, erkannte sie leider nicht!

Aber eins hatte sie erblickt! Sie sagte: er wird später Anwalt oder steht auf einer großen Bühne! Nur in diesem Punkt hatte sie recht. Wenigstens was... Dazu kommen wir später!

Wir hatten so gehofft, dass Laynes die super Grundschullehrerin von Finn bekommt und nun alles besser mit ihm wird, aber nein die Corinna ist dann schwanger geworden und wollte erst einmal nur Mama sein, genau wie ich. So ein Mist!

Er bekam zwar auch eine junge Lehrerin, aber auch die kam nicht mit ihm zu recht und das schlimme war, Laynes hat diese Frau gar nicht ernst genommen. Wir fragten ihn, ob es helfen würde, wenn er in eine andere Klasse wechselt. Nein, dass wollte er nicht. Also ging der Kampf weiter...

Laynes bemühte sich und wollte sein bestes geben. Nun saß ich mit beiden Kindern in der Küche, versuchte mit ihnen schnellstmöglich die Hausaufgaben zu erledigen, aber es gab dabei sehr viel Streit.

Die Phase dauerte ca. 2 Jahre und ich bekam Haarausfall. Das machte mir ganz schön Angst! Unsere Heilpraktikerin bog mich wieder zurecht, der Haarausfall ging zurück. Besser ist das ...!

Was ich noch gar nicht erwähnt habe! Laynes liebt die Musik. Schon als Baby hielt er inne, wenn er Geigen hörte und man hatte den Eindruck, er ist der Dirigent.

Auch er bekam in der Schule das Fach Musik! Seine Musiklehrerin ist leidenschaftliche Musikerin, die sofort erkannte das Musik sein Leben bestimmte. Wow ich wusste das noch nicht!

Es dauerte ein paar Wochen, da rief sie mich an und erzählte mir wie begeistert sie von ihm ist. Die Freude meinerseits war sehr groß, denn sie war die einzige, die mit seinen Leistungen zufrieden war. Sie war mehr als zufrieden, wollte mit ihm arbeiten und ihn weiter bringen.

Wir als Eltern müssen ja damit einverstanden sein. Waren wir sofort, unser Kleiner soll doch auch glücklich sein. Laynes blühte auf... Gesang begleitete ihn durch den Tag. Alles war so leicht plötzlich. Finn sagte ihm sei es auch schon aufgefallen, dass er eine besonders schöne Stimme hat.

Für Jörg und mich war es normal... Ja er kann gut singen, freut uns sehr, wir hören ihm auch gerne zu. Dann ging es langsam los...!

In der Schule wurde ein Musical aufgeführt und Laynes bekam die Hauptrolle. Das machte uns sehr stolz.

Laynes hatte großes Vergnügen an der ganzen Arbeit, für ihn war alles ganz leicht. Die Lehrer waren fassungslos, wie schnell er sich alles erarbeitet hat und auch seinen Mitschülern hilfreiche Tips gab.

Danach folgte auch schon Young-Classx. Das ist ein einzigartiges Musikprojekt, das mittlerweile über 9000 Kinder und Jugendliche der Klassen 5 bis 13 an 84 Schulen in und um Hamburg für Musik begeistert. Seine Gruppe arbeitete unter der Leitung von Peter Schuldt. Es brachte ihm viel Spaß! Peter Schuldt erkannte auch sein Musiktalent und gab ihm sein erstes Solo. (Jedes Kind braucht einen Engel)

Als erstes hat Laynes im Hamburger Michel gesungen, riesiger Applaus war sein Lohn! Wenig später wurde hier in Hamburg das Cruise Center eingeweiht, dort wurde wieder gesungen, auch sein Solo. Das ganze wurde im Fernsehen übertragen und Bettina Tietjen hat es moderiert.

Wenn ich so zurück denke, glaube ich von da an war Laynes klar, ich stehe wenn ich groß bin auf der Bühne.

Der Schulchor und Young-Classx reichten ihm nicht mehr. Jörg und ich waren hilflos, wir haben ja gar keine Ahnung wo ein geeigneter Chor für ihn zu finden ist. Wir holten uns Rat von seiner Musiklehrerin. Sie schlug uns gleich die Hamburger Staatsoper vor. Okay...! Sofort habe ich mich an das Telefon gesetzt und Erkundigungen eingeholt.

Eine Woche später hatte er dort sein erstes Casting bei Herrn Jürgen Luhn der Leiter des Alsterspatzenchor unter anderem. Das ist der Kinderchor der Hamburger Staatsoper!
Sein Vorsingstück war das Ave Maria von Gounod!
Jörg, Finn und ich dürften dabei sein, als Herr Luhn ihn getestet hat. Es war unglaublich aufregend für uns und Laynes hat es genossen, zu zeigen was er kann. Sofort bekam er die Zusage und war herzlich willkommen in dem Spitzenchor! Megacool... Gänsehaut pur und ein bzw. zwei glückliche Kinder!
Finn hat es genossen dabei sein zu dürfen und ist stolz auf seinen kleinen Bruder. Meine Eltern waren auch mit, die haben unten auf dem Gänsemarkt gespannt gewartet. Alle wollten wir ihn begleiten!
Unsere Familie hält zusammen und das ist wunderbar so. Es wird über alles gesprochen und wir vertrauen uns. Jeder sagt wenn ihm etwas nicht passt oder wenn es ein Problem gibt, nur so kann man gut miteinander zurecht kommen.

Jörg und ich leben es den Kindern auch vor. Sie sehen wenn wir eine Meinungsverschiedenheit haben,
wie wir damit umgehen. In Ruhe wird darüber geredet und sich nicht böse angebrüllt. Irgendwann sind
wir uns dann wieder einig und alles kann weiter
gehen.

5.Kapitel

Finn kommt auf dem Gymnasium super klar und geht seinen Weg. Er ist nach wie vor ein guter Schüler und wir brauchen nicht mehr zu den Elternsprechtagen gehen, weil es nichts zu bereden gibt mit uns... Alles super!!! Hurra

Das tut richtig gut so etwas zu hören, dass es dort keine Probleme gibt. Den Lehrern ist aber aufgefallen bei Finn, dass er sehr schnell lernt und auch mehr darüber hinaus und viel Potential insgesamt hat.

Außerdem bringt er den Unterricht, egal in welchem Fach immer gut voran mit seinen Beiträgen.

Wenn Finn ein Anliegen hat, wendet er sich an uns. Bisher konnten wir ihm stets helfen. Laynes ist auch ein guter Schüler, aber die Lehrer unterstellen ihm häufig, er würde nicht zuhören, was zu dem Zeitpunkt noch nicht stimmte.

In der 6. Klasse haute seine Lehrerin sein Buch an den Kopf. Er solle doch aufpassen und keine Löcher in die Luft starren...

Das Laynes ordnungsgemäß seine Arbeitsaufträge schon erledigt hatte und es gar keinen Grund gab ihn zu beschimpfen, sah die blöde Kuh leider nicht ein!

Die Klassenlehrerin lud uns zum Gespräch ein, nachdem ich mich beschwert hatte.

Im Gespräch kriegten wir zu hören, unser Kind würde nicht ganz richtig im Kopf ticken (Laynes saß daneben und bekam alles mit) wir sollten ihn doch dringend untersuchen lassen und wir Eltern sollten gleich mit in Behandlung gehen, denn bei uns sei auch nicht alles in Ordnung ihrer Meinung nach.

Ihre Diagnose lautete ADS! Wir wussten ganz genau Laynes hat so etwas garantiert nicht! (ADS heißt: Aufmerksamkeitsdefizit Syndrom)

Für Finn war es alles schwer zu verstehen, er machte sich Sorgen um seinen Bruder, als er sah wie sehr er weinte und die Welt nicht mehr verstand. Er hatte ja nichts Böses getan.

Wir als Eltern waren froh, dass die beiden Brüder zusammen hielten. Ein schönes Gefühl zu sehen, wie Finn sein Bruder beschützt und ihm seine Hilfe anbietet!

So wurden die Streitereien der beiden weniger und sie redeten mehr miteinander und Finn hat Laynes viel bei den Hausaufgaben geholfen, oder mit ihm gelernt. Finn wollte einfach nur, dass es ihm gut geht.

Außerdem zeigte Finn großes Interesse, was gerade im Opernchor so läuft.

Laynes hatte sechs Wochen dort im Chor gesungen und Herr Luhn teilte ihn für eine Oper ein! Laynes war sehr stolz nach so kurzer Zeit schon eine Oper mit zu singen. Es war die Oper Pagliacci (der Bajazzo/ Clowns).

Finn wollte unbedingt die Vorstellung sehen und wir kauften uns Karten und bewunderten unseren kleinen Schatz in einem Kostüm und geschminkt auf der Bühne. Es war einfach unglaublich man kann es kaum in Worte fassen. Gefühle und alles mögliche rüttelt durch den Körper, aber wunderschön... Es sind solche Momente die man wohl nicht vergisst... Wow! Hallo ich bin seine Mutter!

Wenn es passte, haben wir es dann immer so gemacht. Karten gekauft und unseren kleinen Künstler angehimmelt. Ich muss gestehen, vorher waren wir noch gar nicht in der Oper gewesen, somit war es doppelt aufregend für uns. Meine Eltern sind auch ein paar mal mitgekommen.

6.Kapitel

Als Laynes 11 Jahre alt war hatte er den großen Wunsch Klavier zu spielen. Bitte bitte kauft mir ein Klavier ich werde euch auch nicht enttäuschen, ich möchte richtig in einer Musikschule Unterricht nehmen. Ja schön und gut... wer soll das denn bezahlen, der Chor kostet schon eine menge Geld plus die teuren Opernkarten!... Die blöde katholische Privatschule... Naja!

Mein Papa war so ergriffen von dieser energischen ehrlichen Bitte von so einem kleinen Mann, der genau weiß was er will und erklärte ihm von Mann zu Mann, er darf sich ein Klavier kaufen Opa und Oma bezahlen es. Wir vertrauen dir und du kannst mit Mama und Papa ein geeignetes Klavier kaufen! Uijui jui... wieder eine große Aufgabe für uns. Laynes war über glücklich und ganz aufgeregt!

Wir sprachen alles ausführlich mit seiner Musiklehrerin ab und sie sagte: ich wusste es, bravo eine sehr gute Entscheidung von Laynes, den Weg muss er gehen. Sie stand uns mit Rat und Tat zur Seite und wusste auch genau, welche Musikschule für Laynes optimal ist, wo er gut ausgebildet wird und richtig.

Am nächsten Tag hatten wir ein Klavier im Haus!

Er hat sein Zimmer umgebaut, damit es bei ihm stehen konnte.

Finn konnte schon ein bisschen Klavier spielen und so saßen die beiden oft am Klavier die erste Zeit. Ist schon alles aufregend.

Man kann sagen Musik ist Trumpf bei uns zu Hause. Es fühlt sich richtig und gut an.

Unsere Kinder sind unser Mittelpunkt und wir versuchen Ihnen alles zu ermöglichen.

Was sie am meisten bekommen ist Liebe, Vertrauen und Ehrlichkeit und wir hören uns zu.

Jörg und ich haben uns so eine Kindheit gewünscht, in der man alles besprechen kann, ohne Angst zu haben, dass es Ärger gibt oder man ausgelacht wird. Wir trauten uns gar nicht etwas zu sagen... keiner hatte wirklich Zeit für uns.

Jörg wurde auch nie ernst genommen von seinen Eltern und bekam alles diktiert. Bloß keinen eigenen Willen haben.

Unsere Jungs dürfen immer ihren eigenen Willen haben. Sehr wichtig für die Entwicklung finde ich das. Die Welt ist so hart und ungerecht, da muss man sich durchsetzen können, sonst hat man verloren und wird als " Lappen" abgestempelt.

Finn und Laynes lassen so etwas nicht zu, die wissen was sie wollen und das sehr genau!!!

Als ich Kind war, war alles anders bei uns zu Hause, weil die Mutter von meinem Vater bei uns zu Hause gewohnt hat. Dazu kann ich nur sagen, es war grausam für uns alle.

Besonders für mein Papa, weil der arme immer zwischen die Fronten geriet.

Meine Mama hat gelitten wie ein Hund und wir Kinder, mein Bruder und ich... naja wir beide haben einen kleinen " Schaden " davon getragen. Böse lästern möchte ich jetzt gar nicht, denn man spricht nicht schlecht über Tote!

Aber alles wurde besser nach ihrem Tod.

Schlimm, dass ich das so sage, aber es ist die Wahrheit.

So, nun wieder zurück zu Laynes!

In der Musikschule, wo Laynes Klavierunterricht bekommt, fühlt er sich wohl. Frau Müller und er verstehen sich prächtig und sie erkennt sofort sein Talent. Wie soll ich dich denn unterrichten... du brauchst einen extra Plan von mir so ging es flott zur Sache und er konnte in kurzer Zeit schon viele verschiedene Klavierstücke spielen. Außerdem hat er ständig selber etwas komponiert. So schön und gefühlvoll, man hört so gerne zu. Von da an spielte er auf Geburtstagen oder einfach so auf einer Feier. Kein Problem für ihn!

Was zum Problem wurde ist die Schule! Auf der katholischen Privatschule konnte er auf gar kein Fall bleiben. Das Mobbing der Lehrer ist nicht auszuhalten... Eigentlich unglaublich!

Also holten wir uns wieder Hilfe und setzten uns an den Tisch und besprachen, was denn nun das Beste für ihn sei. Seine Idee war hier ganz in der Nähe die Stadtteilschule zu besuchen mit der Begründung!

Kurzer Weg, weil man ja noch so viel schaffen muss am Tag außer Schule!

Montag und Donnerstag Chor, gleich direkt nach der Schule ohne Mittagessen direkt los und Mittwoch Klavierunterricht und am Wochenende Konzerte und üben, also keine Ruhe mehr und wenig bis keine Freizeit zur Verfügung.

Immer mehr Verpflichtungen kamen auf ihn zu, genauso auch auf uns und die Sorge...

Wie soll der kleine Mann das schaffen?

Innerhalb einer Woche haben wir es geschafft ihn umzuschulen von der Privatschule in die Stadtteilschule. Es war harte Arbeit,

die wollten ihn nicht gehen lassen!

Laynes sei doch das Aushängeschild der Schule wegen seiner Stimme! Da mussten wir uns aber sehr zusammen nehmen, nicht ausfallend zu werden. Auch das ist Jörg und mir gelungen und wir haben die passenden Worte gefunden, so dass der Direktor endlich diese „scheiß" Ummeldekarte für Laynes unterschrieben hat und dann schnell da raus...!

Laynes war nicht in diesem Gespräch anwesend und das war auch gut so für ihn!

Als wir das Schulgebäude verlassen hatten, könnte ich meine Tränen nicht mehr halten. Da war so viel Wut und Hass! Alles musste aus mir heraus, damit ich neue Kraft schöpfen konnte für uns alle und Laynes sollte mich nicht so fertig sehen! Er sollte frohen Mutes nach vorne schauen in eine bessere Zukunft!

Nach dem ich meine Eltern angerufen hatte und ihnen mitgeteilt habe, dass wir nach einem harten

Nervenkrieg endlich gewonnen haben und er endlich diese verdammte Karte unterschrieben hat, haben wir dann Laynes abgeholt und ihm die frohe Botschaft übermittelt, dass er ab der nächsten Woche in seiner neuen Schule unterrichtet wird! Laynes viel uns überglücklich in die Arme und war sehr dankbar für unseren tapferen Einsatz den wir als Eltern geleistet haben. Wir haben kurz darauf herausgefunden, dass es noch mehr solcher komischen Fälle in der Schule gegeben hat! Keiner der Eltern hat es gewagt seinem Kind zu glauben, somit haben sie lieber den Mund gehalten. Aber als wir als erstes gehandelt haben, müssen wir ja irgendwie andere Eltern motiviert haben auch die Interessen ihres Kindes durch zu setzen.

Auf jeden Fall haben mich einige Mütter angerufen aus der Klasse und mir gesagt:" dass sie es unheimlich mutig fanden, wie wir für unser Kind gehandelt habe." Das fand ich irgendwie gut, aber genauso traurig, weil ich ja denken musste, dass diese Eltern ihren Kindern nicht vertrauen und glauben. Naja... Jedem das seine!

Laynes nun angekommen in der Stadtteilschule wurde herzlich willkommen geheißen und er freute sich darüber. Er musste aber in Kauf nehmen, dass er nun keinen Musikunterricht mehr in der Schule erhalten würde. Auch das nahm er ohne Worte hin. Er habe ja Nachmittagsprogramm mit ausreichend Musik. In der Schule ist ihm der Unterricht nicht so wichtig…

Okay haben wir gesagt, wenn du so damit klar kommst ist es gut! Er wollte nur seine Ruhe haben und nicht beschimpft werden!

Das klappte auch eine gewisse Zeit! Schön war es !

7. Kapitel

Laynes war 12 Jahre alt und der Stimmbruch setzte bei ihm ein!
Oh nein, furchtbar er war total fertig und wusste nicht wie es nun weiter gehen sollte! In dem Opernchor machte sich das so bemerkbar, dass er nicht mehr einsetzbar war.
Ich führte ein Gespräch mit Herrn Luhn und fragte ihm um Rat. Er antwortete, es täte ihm leid aber mit der Stimme ist er nicht mehr tragbar und das beste wäre den Chor zu verlassen.
Den Plan B hatte ich zwar im Kopf, aber Laynes muss auch damit einverstanden sein. Wir mussten wieder Familienrat halten und beraten alle zusammen.
Gesagt getan! Mein Plan B ist der Hamburger Knabenchor der Nikolaikirche unter der Leitung von Rosemarie Pritzkat. Hier hat Laynes die Möglichkeit weiter zu singen im Stimmbruch in Begleitung von professionellen Stimmbildnern.
Wir vereinbarten einen Castingtermin bei
Frau Pritzkat. Alle in der Familie waren einverstanden, besonders Laynes. Natürlich war er traurig Herrn Luhn zu verlassen und einen anderen Weg zu gehen.

Jürgen Luhn gab ihm die passenden Worte mit auf dem Weg: hier ist momentan dein Weg zu Ende aber du findest einen neuen Chor, der dich weiter bringen wird und wir werden uns bestimmt wieder sehen nur nicht den Mut verlieren! Er bekam noch ein super Zeugnis und nun ab zum Casting!

Laynes und ich waren zusammen beim Casting bei Frau Pritzkat. Keine fünf Minuten und er war aufgenommen im Hamburger Knabenchor!!!

Einfach cool der Junge. Der stellt sich hin und singt und überzeugt... Einfach nur toll! Super Leistung!

Laynes war zwar froh einen neuen Spitzenchor zu haben, aber er vermisste Herrn Luhn ganz schön. Außerdem waren im Alsterspatzenchor auch Mädchen, also ein gemischter Chor was Laynes gut fand. Er hat einige Freundschaften mit den Mädels gehabt und zum Teil heute noch Kontakt zu der einen oder anderen.

Hier im Knabenchor sind eben nur Jungs und Männer. Aber auch in diesem Chor hat er schnell Kontakte geknüpft und seinen besten Freund gefunden.

Man muss sich total umgewöhnen, weil vieles anders läuft von der Organisation. Da merkt man, dass der Mensch ein Gewohnheitstier ist. Nach dem zweiten Probenplan den wir erhielten kam ich auch besser damit zurecht. Das Repertoire in dem Knabenchor ist ja auch komplett anders. Zu Weihnachten wird das Weihnachtsoratorium gesungen und weniger von den Liedern die man kennt.

Da Laynes den Berufswunsch hat Opernsänger zu werden muss er solche Werke kennen und singen können! Jedes Jahr wird die Johannespassion und die Mathäuspassion gesungen. Natürlich noch viel mehr... Er hat angefangen in der Alt Stimme zu singen, danach rutschte er dann in den Tenor und immer tiefer!

Zu dem Chor gehören auch gemeinsame Wochenenden z. B. an der Ostsee um für anstehende Konzerte intensiv zu proben. Aber auch Chorreisen sind mit inbegriffen!

Seine erste Chorreise war eine Begegnungsreise nach Argentinien.

Dort waren sie in Familien untergebracht und probten in der deutschen Goetheschule in Buenos Aires. Komisches Gefühl, wenn man weiß, wie weit sein Kind weg ist. Er hatte das Glück in einer deutschen lieben Familie zu landen mit seinem besten Freund zusammen teilte er ein Zimmer.

Die Gastfamilie ist ausgewandert nach Argentinien, weil der Vater dort einen guten Job angeboten bekam. Mutter, Vater und drei Kinder. Alle aus der Familie machten Musik, da war Laynes ja richtig!

Schön war auch, dass dort fast überall in den Restaurants WLAN Verbindung ist, so dass Laynes uns Bilder schicken konnte oder Sprachnachrichten. Wir könnten uns auch so morgens begrüßen und abends gute Nacht schreiben. So haben wir ein bisschen an der Reise teilgenommen, wie cool!

Mit der Tochter aus der Familie hat Laynes heute noch Kontakt! Sie sind übrigens inzwischen wieder zurück nach Deutschland und wohnen am schönen Bodensee!
Sie war auch schon zweimal in den Ferien zu Besuch bei uns. Tolles Mädchen! Laynes war auch schon mal bei ihr am Bodensee! Ist genial wie man den oder die Kontakte halten kann heute mit dem Handy oder einfach per Skype...

8. Kapitel

Finn zog es zwischendurch auch in die Ferne. Als er 14 Jahre alt war, ist er drei Wochen von den Sommerferien nach England geflogen mit einer Schulfreundin und die beiden haben dort eine Sprachreise gemacht.

Leider hatten Jörg und ich noch kein Smartphone und so haben wir kaum Information in der Zeit gehabt. Wir hörten nur von den Eltern seiner Freundin Leonie, dass es einige Schwierigkeiten vor Ort gab. In London war ein Hostel gebucht. Es lag zwar schön zentral aber sauber ist etwas anderes. Schimmel im Bad! Nicht nur in der Dusche, sondern auch an den Wänden und an der Decke. Die Rohre unter dem Waschbecken so vergammelt, dass sie leckten! Igit!!! Die Toilette war die Krönung! Deckel und Brille kaputt und der Rest kaum zu sehen vor Dreck. Finn hat es fotografiert, um es später zeigen zu können. Für ihn war es aber kein Grund die Reise abzubrechen. Dazu kam auch noch das überall Müll lag und es dreckig war, wo man hinschaute. Er hat überlegt was er macht, aber hat dann zu sich gesagt: für zwei Nächte halte ich es aus und mal schauen wo ich dann lande...

Leonie hatte die Nase gestrichen voll, rief ihre Eltern an und ließ sich doch tatsächlich von ihrem Vater abholen! Erst war Finn traurig darüber, aber dann war es ihm egal!

Er wollte die Reise weiter erleben und sein Englisch testen und aufbessern. Später ist er dann in einer Familie untergebracht worden mit noch einem aus seiner Reisegruppe.

Es hat den beiden dort sehr gut gefallen in der Familie. Die sind total locker, lieb und nett gewesen! Die drei Wochen vergingen viel zu schnell. Aber Finn hat es super gut gefallen und er würde so etwas gerne wiederholen. Nur wer soll das bezahlen? So eine Sprachreise kostet wirklich viel Geld. Uns war wichtig, dass Finn Spaß hat und er sich auch ohne uns gut zurecht finden kann. Das kann er wirklich gut! Es ist aber bei der einen Sprachreise geblieben. Es ist für uns einfach zu teuer.

Wir hatten etwas Geld geerbt, von Jörgs verstorbenen Onkel. So haben wir beschlossen alle zusammen Urlaub zu machen, was wir noch nie gemacht haben. Lange haben wir diskutiert und hin und her geredet und haben uns dann für Mallorca entschieden! Laynes mag nicht gerne fliegen und nach Malle fliegt man ja von Hamburg ca. 2,5 Stunden. Das war so dann genehmigt von den Jungs. Wir hatten ein schönes ruhiges Hotel in einer kleinen Bucht. Drei Tage hatten wir ein Familienzimmer, also alle zusammen und nur ein Badezimmer! Für die drei Tage war es in Ordnung aber 10 Tage hätte ich es nicht ausgehalten. Immer ist einer am rumrennen im Zimmer.

Mal ins Bad dann hat wieder einer Durst der nächste sucht schon sein Zeug für den nächsten Tag zusammen und so weiter... Nervig!!!

Als wir dann in unsere Doppelzimmer umgezogen sind, fing für uns alle der Urlaub an... endlich Hurra! Jedes Zimmer hatte ein Badezimmer und jedes Zimmer hatte einen Fernseher, also alles doppelt. So ist alles viel leichter und schneller, weil man nicht ewig aufeinander warten muss.

Das Hotel war am Hang und direkt am Strand und ein riesiger Pool war auch da. Alles schön sauber und gut organisiert und eine liebevolle Gästebetreuung. Außerdem hatten wir all inclusive gebucht, was sehr praktisch ist wenn man Kinder hat! Sie können sich jederzeit zu trinken holen oder Eis, Kuchen, Pizza essen wann sie wollen und vieles mehr... War alles lecker! Juhu ich hatte Urlaub und brauchte nur für mich selbst sorgen. Soooo ein Luxus für zehn Tage!

Die haben mir dann auch gereicht, so schön wie es war aber dann vermisse ich mein Zuhause.

Die Kinder haben das Billard spielen für sich entdeckt und waren jeden Abend nach dem Essen damit beschäftigt! Es gab auch Abendshows! Manchmal haben wir auch die besucht. Zu tun gab es genug in dieser großen Anlage, wir hatten keine Langeweile.

Wieder zuhause angekommen haben wir uns mit meinen Eltern getroffen und lebendig alles erzählt und unsere Bilder gezeigt und wir haben unseren kleinen Hund Spiky geknuddelt, der so lange bei meinen Eltern Urlaub hatte und die Zeit auch genossen hat. Aber nun waren wir froh wieder alle vereint zu sein.

9. Kapitel

Im Jahr 2005 haben wir beschlossen einen Familienhund zu kaufen. Leider ist im Januar 05 bei uns sehr böse eingebrochen worden! Wir waren am Nachmittag nicht im Haus, weil wir Finn bei einem Handballspiel begleitet haben. Als wir zurück kamen war es passiert. Sofort bemerkte ich, alles ist komisch ich spürte schon das Böse. Ich öffnete die Garage, die unten im Haus bei uns. Ging dann in den Flur im Keller und sah da schon, dass die Kellertür aufstand und lauter Holzsplitter lagen auf den Boden, weil die Einbrecher so gewaltvoll die Tür aufgebrochen haben.

Die Jungs kamen herein und ich sagte: geht schnell wieder zu Papa, hier ist etwas schlimmes passiert! Laynes lief zu Jörg und sprang ihm in die Arme und weinte. Finn war ganz tapfer! Er sollte aber nicht mit mir nach oben ins Haus gehen. Wir wussten ja nicht ob noch jemand hier irgendwo was ausräumt! Wie eine Furie bin ich heulend und furchtbar wütend durch die Zimmer gerannt.
Es war alles durchgewühlt und ausgeräumt, nichts befand sich mehr an seinem Platz! Mir riss es den Boden unter den Füßen komplett weg, dass war zu viel. Minuten später stellten wir fest das keiner mehr von den Einbrechern da waren.

Finn und Laynes schlichen durch die Räume Treppe rauf und wieder runter und waren fassungslos. Die Polizei wurde sofort von uns angerufen und dann meine Eltern. Nach wenigen Minuten traf die Polizei ein mit Spurensicherung und Kripo alles was dazu gehört.

Meine Eltern und mein Bruder mit seiner Freundin kamen auch zu uns. Das war auch gut so. Die Angst in mir war so groß, dass die Jungs irgendeinen Schaden davon tragen oder es nicht richtig verarbeiten können. Laynes wollte einfach nur in den Arm genommen werden er suchte Schutz. Finn hat alles mit gemacht er führte die Polizei in sein Zimmer und zeigte ihnen alles und beantwortete die Fragen und stellte auch zahlreiche Fragen an die Beamten. Das war wohl sein Weg mit der Sache fertig zu werden.

Als die wichtigsten Spuren gesichert waren durften wir aufräumen. Vier Betten neu beziehen und überall dieses Riesenchaos wieder einräumen.

Alle haben mitgeholfen. Trotzdem war es fast Mitternacht als wir einigermaßen wieder treten konnten. Schlimm war, dass die Kellertür so beschädigt war, dass wir sie nicht schließen konnten. Wir stellten Glasflaschen hinter die Tür. Wenn jemand die Tür aufdrückt, fallen diese um und wir hören es klirren. Guter Plan aber ich hatte trotzdem keine Ruhe und die Kinder auch nicht. Alle vier schliefen wir in unserem Bett. So gut es ging eigentlich hat fast keiner geschlafen. Auf dieses Erlebnis hätten wir gerne alle verzichtet.

Am nächsten morgen, haben wir gleich mit der Versicherung gesprochen. Die meinten, wir sollen eine Liste erstellen mit den Dingen die entwendet worden sind. Gar nicht so einfach!
Einen Tischler haben wir auch kontaktiert, damit wir endlich wieder die Tür schließen können!
Hat er auch am selben Tag geschafft.
Jeden Tag bemerkt man etwas anderes was fehlt. Die haben auch so viel Spielzeug mitgenommen. Da haben die beiden dran zu knacken gehabt.
Sie waren auch richtig wütend. Von da an wollte Finn wenn er groß ist Polizist werden. Mama dann werde ich die Bösen Menschen schnappen und einsperren lassen. Davon war er überzeugt!
Wir haben uns ausführlich beraten lassen, wie man das Haus besser sichern kann. Vieles haben wir sofort besorgt und angebracht. Aber ein Spruch von einer Beamtin ging mir nicht mehr aus dem Kopf!
Wenn Sie sicher gehen wollen, kaufen Sie sich einen Hund! Wollten wir nicht, weil man dann ja immer gebunden ist und ein Hund verursacht auch viele Kosten und Pflichten.
Keinen Monat dauerte es, da waren wir uns alle einig... Wir kaufen einen niedlichen Familienhund!!!
Schwuppdiwupp haben wir ein süßen Hund im Internet gefunden. In Vollersode auf einem Bauernhof ist der kleine Plüschbär geboren. Ein Mischling aus Jack Russell und Rehpinscher. Nach dem ich dort angerufen habe sind wir vier dann aufgeregt auf diesen Hof gefahren!

War das spannend…

Dann würde für uns die Stalltür geöffnet und fünf kleine Rüden kamen heraus gewackelt.

So ein süßes Bild. Einer der kleinen drängelte sich an seinen Brüdern vorbei und setzte sich bei Jörg auf die Hand. Da war's passiert er ist es geworden, er wollte mit uns mit.

Wir bezahlten ihn, dann durften wir noch die Eltern sehen. Die Mama "Jette" eine Jack Russell Dame der Vater " Billy" ein Rehpinscher. Dann ab auf die Autobahn nach Hause.

Während der Fahrt hat der kleine den wir Spiky getauft haben nur geweint. Er hat bei mir in der Jacke gesessen. Er war so groß wie Jörgs Hand und fünf Wochen alt. Eigentlich viel zu früh von der Mutter weg. Laut Aussage soll sie ihre Jungen weggebissen haben, weil sie sie nicht säugen wollte. Wie traurig! Bei uns sollte er das nun besser haben. Die ersten zwei Nächte habe ich mit ihm auf dem Wohnzimmerfußboden verbracht,

weil er so viel nachts weinte. Jörg musste ja früh zur Arbeit und brauchte sein Schlaf und die Kinder auch.

Dann hatten wir ihn soweit, das er sein Körbchen annahm und dachten wie fein, dann schläft er ja wohl auch nachts darin. Pustekuchen... Die nächtliche Beschäftigung war den Hund zu beruhigen und wieder in seinen Korb zu setzen.

Nach zwei Wochen nahm er Anlauf und sprang zu uns ins Bett und kuschelte sich ein und schlief. Bei unserem Tierarzt haben wir dann um Rat gefragt.

Die Ärztin sagte zu uns: Mensch, dass ist doch toll das er bei euch im Bett schlafen möchte er kennt es ja nicht anders, immer hat er sich an jemanden von seinen Brüdern gekuschelt und nun hat er plötzlich kein mehr! Das haben wir verstanden. Wir ließen ihn untersuchen und impfen und von da an durfte Spiky bei uns schlafen. Das macht er heute noch bei uns oder bei Laynes. Finn hat sein Bett lieber für sich. Es ist ihm auch zu warm mit Spiky. Macht ja nichts... Jeder wie er möchte.

Leider mussten wir dann ca. nach 1,5 Jahren feststellen, dass Spiky an Epilepsie erkrankt ist. Der arme! Wir bekamen Tabletten für ihn. Die muss er bis heute nehmen. Die sind sehr teuer, er könnte schon " vergoldet " sein. Aber wir haben ihn sehr lieb er darf fast alles bei uns. Er darf sogar mit am Tisch sitzen wenn er möchte. Spiky bettelt nicht, aber es ist toll für ihn, wenn er alles sehen kann was da auf dem Tisch passiert.

10.Kapitel

Jörg arbeitete seit achtzehn Jahren in einem großen Autohaus im Ersatzteillager. Ob er da glücklich war? Nein war er nicht.
Sein Plan war es weiter aufzusteigen und sich weiterzubilden und nicht da im Lager und im Verkauf von Ersatzteilen zu enden.
Aber einfach etwas neues suchen und in dem Autohaus zu kündigen ist gar nicht so einfach, wenn man Alleinverdiener in der Familie ist und noch ein Haus abzahlen muss. Da ist der Druck schon groß. Außerdem muss man nebenbei die Zeit finden, Bewerbungen zu schreiben und sich irgendwie freischaufeln aus dem Job, wenn man zum Vorstellungsgespräch eingeladen wird und so weiter. Das Schicksal hat aber anders für uns entschieden! Plötzlich hieß es Jörg kann in die IT- Abteilung aufsteigen. Die Freude war groß endlich ging es voran.
Leider war es nicht so. Jörg kam wie verabredet in die Abteilung und dachte ja nun, dass er eingearbeitet wird und alles kennen lernt. Nein! Ihm wurde mitgeteilt alles sei ein Missverständnis. Hier bei uns haben wir gar kein Platz für Sie.Wir wissen auch gar nicht wer das veranlasst hat und ihnen hier ein Job versprochen hat. Jörg war platt und ahnte nichts gutes. So war es auch... nicht gut!

Er rief in der Personalabteilung an, wo man ihm den Job versprochen hatte und bekam gesagt: Tut uns leid, aber sie sind entlassen! Sie kosten uns zu viel!

Der Schock saß tief. Wir konnten und wollten es nicht glauben warum... wieso...? Wir holten uns Hilfe. Die bekamen wir auch schnell, aber den Job waren wir los.

Nun hatten wir die Chance unsere Karten neu zu mischen. Aber es flossen viele Tränen hier. Vor allem die Wut, die man im Bauch hatte, war groß. Das man einfach so wegrationalisiert wird, weil ein Computer deinen Namen anzeigt, schon krass!

Jörg verplemperte keine Zeit und meldete sich sofort arbeitssuchend beim Arbeitsamt.

Ein paar Tage später machte er schon eine Fortbildung!

So langsam beruhigten wir uns und haben sogar eine Abfindung durchboxen können.

Wenigsten was! Aber Hauptsache raus aus dem Mistladen. Unsere Köpfe rauchten... Was könnte Jörg Spaß machen? Wofür lohnt es sich morgens aufzustehen? Die Jungs halfen kräftig mit. Dieser Schlamassel schweißte uns noch mehr zusammen.

Eine Idee schoss mir durch den Kopf! Jörg hättest du nicht Lust Lokführer zu werden hier bei uns bei der Hamburger S- Bahn? Ja ich? Sagte er! Ich erklärte ihm meine Gedanken. Du wärst dein eigener Herr, bekommst ein Plan wie du zu fahren hast. Zwar ist das ganze mit Schichtdienst verbunden, aber so schlimm ist es nicht für uns, weil die Kinder ja nicht mehr klein sind.

Jörg kam tatsächlich ins Grübeln und ihm fiel ein, wir kennen sogar jemand, der den Job macht haha! Also die Telefonnummer herausgesucht und den freundlichen Mann angerufen.

Jörgs Begeisterung wuchs und wuchs neue Lebensgeister wurden sichtbar, er hatte wieder ein Lächeln im Gesicht. Das Beste war, ihm wurde gesagt: die S-Bahn Hamburg sucht dringend Leute die Lokführer werden möchten! Hurra!!!

Die Bewerbung hat er sofort geschrieben und dann kam tatsächlich eine Einladung zum Gespräch! Uijui ist das aufregend! Das Gespräch lief super... Jörg wollte nun auch unbedingt diesen Job haben und bemühte sich sehr. Es folgten diverse Einstellungsteste! Wir haben dafür geübt, wie die blöden. Das heißt, wir haben uns ein Buch gekauft, wo man sich bestmöglich vorbereiten kann und das hat ihm auch geholfen. Er hat alles gut bestanden und bekam ein Vertrag... Yippy yäh!

Das bedeutete Jörg macht acht Monate eine Ausbildung zum Lokführer (Triebfahrzeugführer) und dann fährt er hier in Hamburg die S- Bahn. Die Freude war riesig endlich wussten wir wie unser Weg weiter geht und wir konnten alles weiter bezahlen. Der Plan war Perfekt!

Die Ausbildung war aber sehr hart für uns alle. Freizeit war ein Fremdwort, wir haben hier nur noch gelernt! Jeder der Zeit hatte hat mit Jörg gelernt...

Auch Finn und Laynes haben ihren Papa abgefragt. An mir blieb alles andere hängen. Ich habe eigentlich alle Arbeiten übernommen, die wir uns sonst geteilt haben. Ich habe sogar mit Laynes unseren Zaun repariert, damit der Hund nicht weg laufen konnte! Auch das haben wir geschafft. Die Nerven lagen aber blank, der Druck war hoch und die Angst zu Versagen groß. Dazu muss man wissen: Jörg ist kein Prüfungsmensch! Der geht kaputt. Zwanzig Kilo hat er verloren, kaum noch geschlafen... Die Angst hat ihn regiert. Hilfe musste schnell her. Unsere Heilpraktikerin sprach mit ihm und gab ihm ein paar Globulis und siehe da... Alles lief wieder wie am Schnürchen. Gott sei dank!!! Er schaffte die Prüfungen sehr gut! Nun hatten wir ein Lokführer im Haus! Wie cool!

Ein paar Monate dauerte es bis er und wir uns an den Schichtdienst gewöhnt haben. Vorteil hierbei ist dass Jörg so auch in der Woche freie Tage hatte, was super ist für Einkäufe und Behördengänge... Also alles gut! Unser jetziges Fazit: es konnte ihm gar nichts besseres passieren, als aus dem Autohaus raus zu fliegen! Trotzdem war es kein leichter Weg. Aber was ist schon leicht im Leben.

11.Kapitel

Eine unglaubliche Geschichte ist auch unser Hauskauf gewesen! Die vier Zimmer Wohnung wurde mit zwei Kindern zu klein und ewig diese Mieterhöhungen wollten wir auch nicht mehr. Mein Papa hat schon Jahre vorher immer den Vorschlag gemacht... Kauft euch doch endlich ein Haus! Wir helfen auch gern dabei. Schön und gut, aber ich war noch nicht bereit dazu. Ich wollte keine Schulden haben und ich hatte auch keine Lust regelmäßig Gartenarbeit zu verrichten und für alle Kleinigkeiten die kaputt gehen selber verantwortlich zu sein. Aber wie es so ist auch ich entwickle mich ja weiter und auch ich wachse mit meinen Aufgaben! Eines Tages war ich bereit dafür! Und wie es konnte gar nicht schnell genug gehen. So einfach ist es alles leider nicht. Jeden Schritt in Richtung Hauskauf, wollte ich verstehen. Wir besorgten uns ein Buch (1000 Seiten) ich verschlang es in Windeseile. Nun hatte ich verstanden wie es mit der Finanzierung und mit dem Notar und so weiter funktioniert! Meinetwegen könnten wir morgen ein Haus finden.
Daraus wurde ein knappes Jahr. Erst wollten wir bauen. Bei meinen Eltern auf dem Grundstück ist auch ausreichend Platz dafür. Der Antrag wurde abgelehnt.

Dann würde das Nachbarhaus meiner Eltern frei. Allerdings ist an diesem Haus über zwanzig Jahre nichts gemacht worden. Wir sahen uns die Immobilie an, hatten auch sofort Ideen wie wir hier ein schönes Zuhause draus machen könnten, aber so viel Arbeit nebenbei mir den Jungs und die hohen Instandsetzungskosten. Nein, dass war eine Nummer zu groß für uns. Zufällig fand ich in der Zeitung eine Annonce.

Neubau von einigen Doppelhäusern in Klecken. Gefiel uns gut, Preis stimmte auch, wir fuhren zur Besichtigung hin. Ja, alles hübsch, aber direkt an den Bahnschienen und die Wege zum Einkaufen, Schule und so weiter für mich viel zu lang. Okay man hätte sich umgewöhnen können.

Als wir auf dem Weg nach Hause waren und wieder auf unserer Insel angekommen waren, guckten Jörg und ich uns an und sagten gemeinsam:" Nein, wir bleiben hier auf der Insel, wir finden hier etwas!"

Das war geklärt!

Jede Zeitung wühlte ich nach Häusern durch. Ein paar Straßen weiter stand ein Haus zum Verkauf! Sofort rief ich dort an und vereinbarte einen Besichtigungstermin. Alle vier sahen wir uns das winzig kleine süße Haus an. Es hatte noch nicht einmal eine Treppe nach oben, nur eine Art Leiter. Nein, dass wird auch nicht unser Zuhause!

So ging weiter bis ich unser jetziges Haus fand. Eine Doppelhaushälfte in einer ruhigen Straße namens Zur Guten Hoffnung.

Das alleine ist doch schon der Hammer. Das lustige war auch noch, mein Papa kannte den Eigentümer. Wie toll! So leicht sollte es aber nicht für uns sein. Wie immer...

Es stellte sich heraus, dass die Eigentümer schon einen Makler beauftragt hatten. Das bedeutet für uns schon mal mehr Kosten! Okay, darüber kann man ja sprechen.

Die nächste Überraschung war, der Makler und der Eigentümer wollten doppelt verdienen. Das Grundstück sollte geteilt werden und es sollte darauf noch ein anderes neues Haus gebaut werden! Wir diskutieren alles in Ruhe mit unseren Eltern durch. Jörgs Eltern fanden die Idee auch gut ein Haus kaufen und wollten uns auch helfen.

Das war alles Wunderbar. Wir einigten uns darauf, das Haus zu kaufen. Wir saßen beim Notar und unterschrieben die Verträge. Nun waren wir Eigentümer!!!

Wir kündigten unsere Wohnung in der wir zehn Jahre glücklich waren und freuten uns nun bald umzuziehen. Dann erreichte uns die schlimme Nachricht, das der Notarvertrag ungültig ist und wir nun keine Eigentümer mehr sind. Ach du je was nun? Was ist bloß passiert? Der unfähige Makler hat einfach das Grundstück verkauft, hat aber keinen Antrag auf Grundstücksteilung gestellt... Gar nichts hat er gemacht der Schlawiner. In dieser Situation waren wir nun obdachlos!

Unsere Wohnung hatte nämlich schon Nachmieter, die wir selber ausgesucht haben und die auch schon ihre Wohnung gekündigt hatten. Schöner Schlamassel! Jeder von uns suchte eine Lösung, die Köpfe rauchten. Wir suchten das Gespräch mit den Verkäufern. Nach langen hin und her und sie waren ja auch froh, dass wir in ihrem Haus wohnen würden denn es ist so schön hier Kinder aufwachsen zu lassen... einigten wir uns darauf das ganze Grundstück zu kaufen! So, wie wir es auch anfangs wollten. Puh, das war wieder ein Akt für sich....

Am zweiten Februar hatten wir den Notartermin und am fünften sind wir hier schon eingezogen. Wir durften schon vorher ins Haus und renovieren. Viel haben wir nicht machen können, weil alles Geld in die Finanzierung floss, aber so konnten wir die monatlichen Raten senken. Alles gut.

Finn und Laynes haben die Etage oben für sich alleine mit Badezimmer. Jeder ein großes Zimmer. Außerdem ein großen Garten zum Toben, was will man mehr? Insgesamt haben wir drei Badezimmer in jeder Etage eins. Herrlich so ein Luxus!

Meine Mama hat uns Gardinen genäht und bei vielen anderen Kleinigkeiten die nach einem Umzug anfallen kräftig geholfen.

Wer ein Haus hat, weiß das man immer etwas zu tun hat. Wir finden auch heute immer noch etwas zu verschönern. Ob im Haus oder im Garten.

Unsere Terrassen zum Beispiel sind aus kleinen Kieselsteinen.

Wenn man aus der Kellertür heraus kommt, hat man gleich das Gefühl "Strand" ! Vorteile hat das natürlich auch! Es wackelt kein Tisch mehr! Wunderbar!
In der Küche haben wir mittlerweile eine Wand aus Kork. Die wird von uns als Pinnwand genutzt. Super gute Sache für uns alle!
Aus der Fensterbank im Schlafzimmer haben wir für Jörg ein Schreibtisch gebaut. Ständig war der Esstisch zugepflastert mit seinen Unterlagen. Nun hat er schönen Fensterplatz für sich und kann in Ruhe arbeiten und kann dort auch einmal etwas liegen lassen, weil es so keinen stört!
Solche Ideen hatten wir nicht sofort, die kamen nach und nach aus der Situation heraus.

Wir wohnen jetzt sechzehn Jahre hier. Alle drei Bäder haben inzwischen neu renoviert. Keins gleicht dem anderen, alle verschieden. Das in der Mitte sogar ohne Fliesen. Es ist toll wenn wir selber entscheiden können hier im Haus, wie was gebaut wird. Es braucht kein Vermieter mehr gefragt werden. Das genießen wir sehr!

12. Kapitel

Das Thema Zahnarzt muss auch ein Platz in meinem Buch bekommen!

Meine Milchzähne waren alle reichlich von Karies befallen.

Mit meinen Eltern musste ich dann immer zum Zahnarzt, wenn die dort einen Termin zur Kontrolle hatten. Ist ja auch ganz normal,die Eltern leben einem das ja vor, wie es später dann selbst gemacht werden soll.

Die Angst, die ich vor dem Zahnarzt hatte ist fast unbeschreiblich. Es war ein alter Mann der nicht lieb mit mir gesprochen hat. Er hat mich natürlich auch nur beschimpft, wie es denn hinbekommen habe so schlechte Zähne zu haben. Wenn er gebohrt hat... und das hat er jedes mal. Ich wurde nie vorgewarnt!

Das hasste ich wie die Pest. Ich habe geweint und geschrien bitte aufhören ich will das nicht Hilfe! Keiner kam zur Hilfe. Was hab ich gemacht? Ich habe dem bösen Onkel Doktor in den Finger gebissen, bis er seinen blöden Bohrer meinem Mund genommen hat und noch nicht genug... ich habe ihm auch noch die Gardinen vom Fenster gerissen!

Als ich das alles fertig hatte bin ich heulend aus der Praxis gelaufen und habe im Treppenhaus auf meine Mutter gewartet.

Meine Hoffnung war, dass ich nicht mehr zu diesem Zahnarzt muss, weil ich ja dort einiges angerichtet habe. Falsch gedacht! Ein paar mal waren wir noch bei ihm und es war die Hölle für mich! Ich sollte ihm vor der Untersuchung versprechen, ihn nicht zu beißen. Hab ich aber nicht gemacht. Somit Rutsche er gerne mal beim Bohren ab. Mal hinein in die Wange und einmal hat er mir schlimm in die Zunge gebohrt. Es wollte nicht aufhören zu bluten.

Zu meinen Eltern habe ich gesagt:" wenn ich da wieder in die Praxis soll, bringe ich mich um"! Das meinte ich auch ernst! Als es dann irgendwann hieß: du Kerstin wir haben heute Abend einen Zahnarzttermin, wenn Papa von der Arbeit kommt!

Nein,ich nicht, nie mehr gehe ich da hin, dann nahm ich mir von Mama das schärfste Küchenmesser aus der Schublade und drohte mir die Pulsadern aufzuschneiden. Es hat funktioniert... diesen Abend brauchte ich nicht mit. Meine Eltern suchten einen neuen Zahnarzt, aber nur weil der alte Sack in Rente gegangen ist. Besser ist das auch!!!

Der neue Zahnarzt befand sich bei uns im Einkaufszentrum. Der war etwas netter. Aber auch er war geschockt, was bei mir im Mund für eine Karies Wüste herrschte.

Es waren ja nur die Milchzähne. Nacheinander fielen mir die braun / schwarzen Dinger heraus und es folgten gesunde neue bleibende Zähne.

Das nächste Problem bahnte sich bei mir an. Meine neuen schönen Zähne sind viel zu groß für meinen kleinen Kiefer. Oh nein!

Die Hoffnung war... ich wachse noch... vielleicht wird ja alles gut.

Nein natürlich nicht! Ich hatte so schiefe Zähne, dass mich viele in der Schule auslachten.

Ein Kieferorthopäde sollte mir nun helfen. Die in der Praxis sind ganz okay gewesen, die bohren dort nicht! Eine lose Klammer für oben und eine für unten sollten es richten.

Ein Jahr verging. Meine Zähne immer noch schief. Nun wurde mir eine doppelte Klammer angefertigt. Mit dem Monster im Mund kann man fast nicht mehr reden. War dann eben so....

Neun Monate quälte ich mich mit dem " kack " Gestell herum. Nichts hat es gebracht, außer Schmerzen. Der letzte Versuch folgte: eine feste Klammer oben und unten. So eine Qual, überall kleine Gummibänder im Mund eklig der Geschmack. Noch nicht genug des Guten nein nein… nun sollte ich auch noch nachts und den halben Tag einen Außenbügel tragen! Er wurde hinten oben befestigt an den Backenzähnen und dann hatte ich einen Gurt um den Hals hinten.

Ich glaube schlimmer kann man ein Kind nicht mit Zahnspangen behängen. Der Druck auf die Zähne war so groß, ich konnte nichts mehr kauen vor Schmerzen.

Mit dem Außenbügel konnte ich auch nicht richtig schlafen. Nach elf Monaten wurde mir der Blechkram aus dem Mund genommen… Juhuuuu! Das Ergebnis war insgesamt in Ordnung. Wow, war ich glücklich… die Qualen haben sich tatsächlich gelohnt. Ja, dass haben sie… für ca. sechs Wochen, dann wurden meine Zähne wieder von alleine schief. So ein Mist.

Der Zahnarzt meinte ich solle den Kieferorthopäden wechseln, der sei ja unfähig und es müssten mir auf alle Fälle mindestens vier bis sechs Zähne gezogen werden, damit die anderen Platz in meinem Mund bekommen. Um Gottes Willen, nein das wollte ich nicht.

Bin dann ca. vier Jahre nicht mehr zum Zahnarzt gegangen. Hatte die Nase gestrichen voll von dem ganzen Zirkus. Leider verlor ich eine Füllung und hatte nun ein scharfkantiges Loch in meinem Zahn, was sehr unangenehm ist. Scheiße... ich musste jetzt zum Zahnarzt!

Als ich da auf dem Behandlungsstuhl klemmte und er mir mein Zahn wieder reparierte, liefen mir die Tränen über die Wangen. Ich konnte nichts dagegen tun es passierte einfach so mit mir, weil ich so ein Schisshase bin. Da schrie mich der Arzt an:" ich soll mich bloß zusammen reißen und nicht so eine Prinzessin auf der Erbse sein!" Mir fiel dazu nichts mehr ein. Heulen musste ich die ganze Zeit in der Praxis und wütend war ich außerdem auf diesen Spinner!

Diese blöde Erfahrung bewirkte bei mir, das ich ganze zwölf Jahre nicht zum Zahnarzt ging...

Tja, dann hatte ich Kinder. Auch Kinder müssen zum Zahnarzt zur Kontrolle. Ohje...

Dabei Pflegte ich die Zähne meiner Jungs, wie keine andere Mutter glaube ich. Der erste Zahn war durchgestoßen und mein Kind hatte eine Zahnbürste! Sie kannten es gar nicht anders mindestens zwei mal pro Tag zu putzen. Die Mutter von Finns Freund bekam heraus, das Finn noch nicht beim Zahnarzt war und machte den Vorschlag, dass wir ja zusammen mit den Jungs hin gehen könnten. Sie hatte ja recht, ich kann mich nicht ewig davor drücken und die Idee war gut.

Wir machten Termine und gingen tapfer hin. Finn fand es richtig toll! Mensch Mama du brauchst doch hier keine Angst haben. So lieb und nett wie die hier sind. Die Kinder durften sich nach der Behandlung jeder noch etwas aussuchen, dass war der Hit.

Sicherlich, der Zahnarzt gefiel mir gut er ist wirklich sehr in Ordnung. Aber die große Angst ließ mich nicht los.

Finn hatte den genialen Einfall! Mama du machst dir einen Termin zur Kontrolle und ich komme mit dir mit und passe auf dich auf. Er darf nichts mit dir machen, was du nicht möchtest. Außerdem halte ich dir die Hand!

Finn hatte recht, ich konnte mich nicht mehr drücken. Tapfer rief ich an und machte mir einen Termin und beschrieb der Helferin gleich schon am Telefon, das ich große Angst habe. Sie beruhigte mich sofort und bestätigte, das viele Patienten Angst haben und bis jetzt alle wieder gekommen sind. Okay, okay ich komme!

Mutig bin ich mit Finn hin gegangen. Die Nacht davor war an schlafen nicht zu denken. Klatschnasse Hände hatte ich im Wartezimmer. Finn nahm mich in den Arm... wir beide schaffen das, ich bin doch bei dir. Ja er ist bei mir...

Finn durfte sogar auf meinem Schoß sitzen auf dem Behandlungsstuhl und konnte auch mit in meinem Mund gucken. Tatsächlich waren alle Zähne gesund, aber ich hatte Berge von Zahnstein, der dringend weg musste. Es hieß, wenn der Zahnstein nicht entfernt wird, fallen mir demnächst nach und nach die Zähne aus. Schock!... Also gut... fangen Sie bitte vorsichtig an den Steinberg weg zu machen.

Es dauerte über eine Stunde Finn hielt mich die ganze Zeit fest. Mama merkst du eigentlich, das du blutest? Nein merke ich gerade nicht. Na denn ist ja gut! Du Mama wenn du hier fertig bist, dann bist du noch viel schöner mit weißen Zähnen. Okay Finn ich halte es durch und ich verspreche dir: wir gehen jetzt immer zusammen zum Zahnarzt!

Ja abgemacht! Sehr mutig Mama, das machen wir so.

Bis heute habe ich mein Versprechen eingehalten. Ich habe gesunde schiefe und gepflegte Zähne! Dieser Zahnarzt erklärte mir, das ich zu den Menschen gehöre, egal welche Spange ich trage… meine Zähne würden immer wieder in ihre Ursprungsform zurück wachsen.
Meine Jungs haben bis heute keine Löcher!

13.Kapitel

Eine extreme Sache, ist das Autokapitel in Jörgs Leben! Als wir zusammen kamen war er neunzehn Jahre jung und ich süße sechzehn. Sein erstes Auto ein schwarzer Ford Fiesta.

War mir damals schnurz egal, das Ding fuhr und gut. Die Geschichte dahinter ist, seine Eltern haben immer Ford gefahren, also der Sohn auch. Wir haben viele mühe in den kleinen Wagen gesteckt und sind sogar damit an den Gardasee gefahren.

Auf der Autobahn 160 Km/h mit Rückenwind und stark bergab. Ich hab gedacht gleich heben wir ab oder die Karre fällt auseinander. Nein, aber auf dem Rückweg fiel uns ein Stück Auspuff ab. Weiter fahren ging nicht, wir verständigten den ADAC und nach einer Stunde kam ein gelber Engel und flickte unseren Auspuff mit einer Cola Dose! Wow, tolle Idee. Uns war geholfen und wir konnten weiter fahren.

Ich hatte den Wagen gerade untenherum neu lackiert, weil er doch sehr am rosten war und Jörg hat bei mir übernachtet und parkte an der Straße. Nachts rumste es ordentlich und ein anders Auto fuhr mit viel zu hohem Tempo in den Fiesta rein. Da hatten wir einen traurigen Totalschaden vor der Haustür stehen. Der Restwert von der Versicherung reichte für ein neues Auto.

Der Nachbar von Jörgs Eltern verkauft gebrauchte FORD! Also kaufte Jörg wieder ein Ford Fiesta... Ein Modell neuer.

Mir war es piepegal, ich hatte eh noch kein Führerschein. Den fuhren wir dann, bis ich auch fahren durfte.

Der Bruder von Jörg ist so alt wie ich und hatte auch sein Führerschein gemacht und suchte nun ein Auto. Wir sagten:" Kauf doch unseren kleinen Fiesta zum üben." Die Idee fand er glänzend. Er wusste der Wagen ist okay. Die Eltern waren auch begeistert von dem Vorhaben. So haben wir es dann gemacht, wir verkauften ihm das Auto.

So, nun wollte ich aber kein Ford mehr und habe mit Jörg überlegt, welches Auto zu uns passen würde. Wir schauten bei verschiedenen Händlern vorbei und grübelten. Ich hatte auf einem Opel gelernt und bin da eigentlich gut mit zurecht gekommen. Jörg war nicht abgeneigt. In Harburg fanden wir ein Opel Kadett in Gold metallic. Sofort fand ich den und wollte ihn gerne haben. Er hatte wenig gelaufen sehr sauber und gepflegt. Jörg sah sich den Rest an und wir kauften den Kadett.

Die Freude war groß ich war total aus dem Häuschen. Unser erstes gemeinsames Auto. Als wir ihn abholten, wurden wir schnell zurück in die Realität geworfen. Jörg wollte gerade vom Autohof fahren, da verloren wir den Auspuff! Nein, dass darf ja wohl nicht wahr sein. Von wegen allerseits wie neu und in Takt.

Wir mussten den Wagen da lassen. Aber die haben ihn natürlich schnell repariert. Ist ja auch peinlich für die gewesen. Ich handelte noch ein paar neue Scheibenwischer und Fußmatten als Trostpflaster heraus. Der Verkäufer fand es sehr frech von mir und ich fragte ihn dann was denn wohl frecher war?
Junges Paar kauft sich ein Auto und kommt noch nicht einmal vom Hof damit.
Da hatte er verloren. So ein Mistkerl.
So glücklich waren wir mit dem Kadett nicht, immer war was nicht in Ordnung. Die Bremse machte wie sie wollte und wenn es draußen feucht war sprang er sehr schlecht bis gar nicht an. Wir sind auch mit dem Auto an den Gardasee gefahren. Es schüttete wie aus Eimern auf der Autobahn. Ich bin die ersten 600 Kilometer gefahren und dann ist Jörg gefahren. Da passierte es... auf ein mal ging der Scheibenwischer Motor kaputt und wir konnten nichts mehr sehen, außer Wasser auf der Scheibe und wir fuhren rechts ran. Ich stieg weinend aus, total mit den Nerven runter und landete mit dem rechten Fuß knöcheltief in einer Schlammpfütze! Da heulte ich noch mehr vor Wut. So ein Scheiß, kann auch nur wieder uns passieren. Wie durch ein Wunder fanden wir eine Werkstatt. Die konnten uns auch sofort helfen und wir konnten mit funktionierenden Scheibenwischern unsere Fahrt fortsetzen.
Glück im Unglück gehabt.......

Das Auto haben wir nicht lange gefahren. Danach waren wir so blöd und haben uns noch ein Opel gekauft, wo auch nur alles klapperte. Der musste also auch schnell wieder weg.

Haha, jetzt hatten wir die Idee einen Golf zu kaufen und machten das auch. Sehr zufrieden sind wir mit dem süßen gewesen. Doch dann kam ein neues Modell auf den Markt, was ich in blau metallic sehr sexy fand und Jörg auch.

Wir kauften einen schönen gebrauchten. Er war fünf Monate alt.

Oh, war der schön! Dann kam Finn ja auf die Welt und der Kinderwagen passte dort sehr schlecht rein und wir hatten nur einen Dreitürer und das mit Baby ist Quälerei.

Jörg arbeitete inzwischen bei Opel, wo wir früher den Kadett gekauft hatten.

Bloß kein Opel mehr... Aber es kam wieder alles anders. Für Mitarbeiter und Händler gab es günstig Astra Kombi zu kaufen. Ein paar Monate alt und 5.000 Kilometer gelaufen. Wir schlugen zu und hatten zwar einen großen Kofferraum, aber ein häßliches Auto.

Das schlimmste, so ging es die 18 Jahre, die Jörg dort gearbeitet hat. Regelmäßig ein neues Auto, aber immer ein Opel! Was hab ich geredet... es gibt doch auch andere schöne Autos!!!!

Nein Schatz bitte, so lange ich bei Opel arbeite fahren wir Opel.

Mitarbeiter die eine andere Marke außer Haus fahren, werden gerne gemobbt. So eine Frechheit!

Tja, dann kam es ja so, dass Jörg trotzdem er brav einen Opel fuhr wegrationalisiert wurde.

Das erste was wir planten, als Jörg den Job bei der Deutschen Bahn hatte... war ein neues Auto zu kaufen, haha, aber ein wunderschönes.
Jörg gab Finn, Laynes und mir Recht! Ja ja es stimmt die bekloppte Opelzeit ist endlich vorbei und abgehakt. Juhu!
Ich suchte mit den Jungs einen Audi A 3 aus.
Quietsch blau metallic Sportback mit Sitzheizung und Einparkhilfe... Ist der hübsch! Ja wir kaufen ihn, ich finde ihn ja auch passend für uns, meinte Jörg!
Jörg ist so süß in dem Wagen und passt da so gut rein. Nun kann er nicht mehr verstehen, warum wir immer nur die Zeit mit Opel verschwendet haben. Besser spät als nie!
Den Audi fahren wir auch noch. Finn auch schon drei Jahre! Laynes macht gerade sein Führerschein und freut sich auch schon ihn auf der Straße zu fahren. Bei uns auf dem Hof fährt er schon.
Aus meinen Jungs sind Männer geworden! Tolle liebe Männer!

14. Kapitel

Unser Finn hat es geschafft die Schule durchzuziehen bis zum guten Abitur. Es ist auch für ihn nicht immer leicht gewesen. In der Oberstufe gab es immer noch zu viele Schüler die noch nicht begriffen haben,dass das Leben langsam ernst wird.

Diese Schüler störten massiv den Unterricht oder kamen zu spät. Manche sind gar nicht erst gekommen. Es führte dazu, dass die Lehrer ihren Stoff nicht durch bekamen.

Den Lehrern war es auch egal und solche Leute wie Finn, der einfach nur ein gutes Abi machen wollte, werden dann solche blöden Steine in den Weg gelegt! Wie gemein.

Wir als Eltern könnten auch nichts mehr machen. Wir konnten nur hoffen, dass Finn sich da durchsetzt und für den Unterricht kämpft.

Das hat er gemacht! Die Englisch Lehrerin hatte keine Lust mehr sich beschimpfen zu lassen und wollte aus der Klasse gehen. Finn und ein paar andere Lernwillige hielten sie zurück. Hey bitte nicht gehen! Werfen sie die Störenfriede raus und dann machen wir gemütlichen Unterricht. So ging es ein paar mal... Unglaublich!

In manchen anderen Fächern ging es genauso schlimm zu.

Das gemeine war, dass durch diese Lücken der gesamte Abiturdurchschnitt in den Keller rutschte.

Finn war darüber auch sehr verärgert. Er tat mir richtig leid.

Gott sei Danke, steckte er den Kopf nicht in den Sand und machte fleißig weiter.

Als die Abiturprüfung anstand, war er eigentlich ganz gelassen. Finn wollte nur bestehen.

So fuhr er morgens total locker mit dem Auto zur Prüfung. Ich glaube ich war aufgeregter als er! Als Finn mittags wieder kam, strahlte er... Mama ich hab die volle Punktzahl geschafft... eine eins!!!

Ja, wie toll ist das denn? Wie hast du das gemacht? Einfach alles herunter gebrabbelt was ich weiß. Und das ist wohl sehr gut angekommen. Ja allerdings...

Super

Die schriftlichen Prüfungen sind für ihn auch ganz gut gelaufen. Hätte allerdings mehr Unterricht statt gefunden, wäre alles noch besser .

Wir wollen uns nicht beklagen, denn wir wissen was er kann und das ist eine Menge. Ungerecht fand ich es als wir zur Abifeier in die Schule kamen, das diejenigen, die andere so vom lernen abgehalten haben auch noch ganz knapp ihr Abitur bekommen haben.

Einige Schüler haben etwas vorgetragen. Wir saßen dort und hörten zu und waren fassungslos! Wie können die ihr Abitur kriegen, wenn sie kaum einen richtigen Satz sprechen können?

Später sprachen wir noch mit zahlreichen Lehrern von Finn. Sie sind alle begeistert von ihm und seine unglaubliche Auffassungsgabe.

Glauben Sie uns ihr Sohn hat das Zeug dazu es ganz weit im Leben zu bringen! Wow,dass hört man ultra gerne. Ich glaube ich war die stolzeste Mama dort. Tja nun hatten wir ein Schulkind weniger.

Besser ist das heut zu Tage. So sind leider unsere Erfahrungen. Jeder darf ja seine eigene Meinung bilden.

Die Sommerferien fingen an. Finn genoss sie in allen Zügen. Er hat sich ständig verabredet und war fast gar nicht mehr zu Hause. Na ja endlich der Schuldruck weg, jeden Tag ausschlafen und auch mal in der Woche ein Bierchen trinken. Finn war im Leben angekommen. Zwischendurch fragten wir ihn, wann er denn anfängt Bewerbungen zu schreiben? Ja, mache ich...

Er wollte immer noch Polizist werden. Wir erkundigten uns und druckten die Informationen die wir im Internet gefunden haben aus. Über vierzig Seiten. Dann stellten wir fest, das Finn wohl einige Probleme kriegen könnte,weil seine Kniescheibe fast jedes Mal wenn er Sport macht heraus springt. So etwas geht natürlich nicht. Die Power Sportprüfung hätte er so nicht geschafft.

Und nun?

Kein Plan B. Wir meldeten uns bei der Berufsberatung an. So einfach war das auch nicht, aber wir ließen nicht locker.

Zusammen fuhren wir da hin und warteten gespannt bis wir aufgerufen wurden. Die Dame erzählte uns eigentlich alles was wir schon wussten. Macht ja

nichts. Sie nahm ihn im System auf, so dass Finn sich von zu Hause aus dort einloggen konnte. Wir machten auch diesen Berufstest. Viele Fragen müssen beantwortet werden und erfährt man welche Berufe zu einem passen. Zum Teil stimmte es sogar. Raus kam, Bankkaufmann, Industriekaufmann, Versicherungskaufmann und Speditionskaufmann!
Ist interessant.
Finn versuchte es als Bankkaufmann! Wir schrieben zahlreiche Bewerbungen. Überall wurde er zum Test und Gespräch eingeladen, aber bekam leider dann doch den Ausbildungsplatz.
So ein Mist.
Dann versuchte er es als Industriekaufmann. Genau das gleiche immer bis zum Schluss dabei, aber kein Platz bekommen.
So hat er ein ganzes Jahr verloren. Allerdings hat er dieses Jahr genossen, also alles gut. Ich brauchte eine Idee... Wie bekommt man den noch einen guten Ausbildungsplatz? Vitamin B musste her. Finn wollte es erst nicht. Ich schaffe das auch allein. Ist auch richtig... aber wann? Es dauerte nicht lange, da war er einverstanden. Wir überlegten gemeinsam. Wen kennen wir wer könnte da irgendwie helfen?
Am Wochenende als ich im Garten wuselte quatschte ich mit unserer Nachbarin. Na, was gibt es neues bei euch? Wollte sie wissen.
Och nicht viel... Finn findet einfach keinen Ausbildungsplatz. Was wieso? Der ist doch perfekt, ich würde ihn sofort nehmen. Was sucht er denn? Ich

erzählte ihr, was wir bisher erlebt haben. Mensch der kann bei uns anfangen wenn er möchte. Sie gab mir den Firmennamen und sagte: dann lernt er Speditionskaufmann.

Das würde passen, wie toll ist das denn? Ich rannte zu Finn ins Zimmer und erläuterte ihm die Situation von eben. Aha komm wir gucken mal.

Wir waren begeistert.

Ich rief die Nachbarin an und sagte ihr, wir haben tatsächlich großes Interesse! Okay cool. Ich kümmere mich um die Sache, gleich morgen und melde mich dann bei Finn. Wir waren froh und konnten es gar nicht abwarten.

Abends klingelte es an der Haustür. Silke unsere Nachbarin stand mit einem Lächeln im Gesicht und sagte: mache mir doch bitte eine Bewerbung fertig... die wollen dich gerne kennenlernen. Echt das ist ja toll! Bei uns läuft es nur so! Wir haben keine Zeit hunderte Bewerbungen neben der Arbeit noch zu bearbeiten. Wenn jemand einen kennt, wo er meint sie oder er könnte ins Team passen, wird eingeladen, wenn Bedarf besteht.

Die Bewerbung machte Finn sofort fertig und brachte sie hinüber zu Silke. Die freute sich, dass es so flott ging.Schon am nächsten Tag kam sie wieder und lud Finn am Freitag zum Gespräch ein. Klasse war das, die Hoffnung wuchs!

Freitag mittag um 13:00 Uhr sollte er da sein. Ich wartete gespannt wie ein Flitzebogen. Nach einer knappen Stunde klingelte mein Handy! Ich kam gar nicht so schnell ran wie ich wollte, so aufgeregt war ich.

Nun hörte ich, dass Finn auch total aufgeregt war. Mama ich hab den Job! Oh wie cool... ja das Beste ist, der Chef möchte, dass ich gleich ein Studium neben der Ausbildung mache zum Logistik Bachelor! Da hab ich richtig Lust zu und freue mich riesig darauf. Ich kann auch noch vor der Ausbildung ein Praktikum dort machen, um schon mal zu sehen wie es dort abläuft.

Mama das ist das was ich möchte... endlich! Puh geschafft!

Die Firma übernimmt erst einmal die Kosten vom Studium und Finn zahlt es nach der Ausbildung zurück.

Die Ausbildung dauert für Finn drei Jahre, wegen des Studiums nebenbei kann er nicht verkürzen. Danach noch ein Jahr Studium, somit ist er in vier Jahren fertig.

Jetzt im August kommt er schon ins dritte Jahr. Die Zeit rennt und er ist begeistert.

So viel Abwechslung jeden Tag. Und vor allem tolle Kollegen.

Er hat ganz schnell sehr viel gelernt.

Übrigens, diese Ausbildung nennt sich triqualifiziert!

1. Ausbildung in der Firma

2. Berufsschulausbildung

3. Das Studium an der Fernhochschule Hamburg
Diese Art gibt es noch nicht so lange, aber ist super
für Finn.

15. Kapitel

Da Laynes knapp vier Jahre jünger ist als Finn, hat er seine Schulzeit leider noch nicht beendet. Sein harter Kampf ging weiter.

Auf der Stadtteilschule ist er herzlich empfangen worden. Wir dachten jetzt können wir Luft holen und es wird alles besser. Nein, so war es leider nicht. Er kam in die Leistungsstärkste Klasse, was wir gut fanden.

Die Klassenlehrerin war nach einem schweren Unfall Monate krank.

Da hatten wir schon wieder den Salat. Die Vertretung ist eine türkische Lehrerin mit Kopftuch gewesen die sich überhaupt nicht durchsetzen konnte in der Klasse.

Laynes fand sie nett und unfähig. Das war sie leider auch.

Der Unterricht plätscherte so dahin. Unser Kind war lustlos wie nie zuvor.

Oh man! Seine Leistungen wurden dadurch nicht besser!

Das Musikinteresse immer größer und wichtiger.

Laynes hatte viel in der Oper zu tun. Zu der Zeit war er noch im Opernchor. Die Bühnenorchester Proben sind immer morgens.

So hatte er das Glück nicht in die Schule gehen zu müssen.

Ich habe immer wenn ich den Probenplan bekommen habe, sofort Entschuldigungen für ihn geschrieben, damit es kein Ärger in der Schule gab. Außerdem wusste die Schule bescheid, das Laynes viel mit Musik in seiner Freizeit zu tun hatte. Die Schule hat uns versichert, sie unterstützt es gerne. Solche besonderen Schüler hat man selten bis gar nicht! Sehr gute Einstellung...gefiel uns.

Nur dann kam die eigentliche Klassenlehrerin wieder in die Schule.

Wir lernten sie kennen. Wenn ich ehrlich bin...ich hab sie gesehen und konnte sie nicht leiden.

Sie strahlte förmlich die Unehrlichkeit aus. Falschheit in Person.

Mir war klar, die Sache wird wieder schwierig.

Ich machte Laynes den Vorschlag in eine andere Klasse zu wechseln, weil ich merkte, Laynes mag sie auch nicht. Er wollte nicht in eine andere Klasse. Würde nichts bringen er hätte sie dort auch im Unterricht. Gut okay!

Mit viel guten Willen schaffte Laynes einen sehr guten Hauptschulabschluss! Nun noch ein Jahr und den Realabschluss machen und dann weg da.

Ne ne so einfach machte diese falsche Kuh uns den Weg nicht. Sie hatte so viel Einfluss und Macht und plötzlich waren Laynes gute Noten schlecht. Selbst den Hauptschulabschluss hätte er ja nicht geschafft. Nicht mit uns... so nicht!

Ich setzte mich sofort mit einem der Schulleiter in Verbindung.

Den hatte sie wunderbar eingewickelt und eine miese Geschichte erzählt. Diese konnte ich zum Glück Wiederlegen und zwei Lehrer hatten wir auch auf unserer Seite, dass war unser Lichtblick. Trotzdem war uns klar... den Realabschluss bekommt er nie von dieser Planschkuh! So ein Mist... Kurz vor dem Ziel macht wieder jemand unsere Pläne kaputt nur weil er Macht hat.

Sie hatte sogar nebenbei zu Laynes gesagt mit einem fiesen Lächeln im Gesicht... dir ist doch wohl klar, dass du diese Schule als Looser und ohne Abschluss verlässt?

Mir war es klar. Schnell musste ich mit Jörg eine Lösung für ihn finden. Er musste da so schnell wie möglich raus aus der Schule.

Wir fragten seine Chorleitern Frau Pritzkat (inzwischen war er im Knabenchor bei ihr). Sie selber hat vier Kinder und auch musikalisch hochbegabt.

Ich wusste von ihr, dass sie auch schon einige Schulwechsel mit ihren Kindern durchlebt hatte.

Sie hatte die Idee, Laynes auf eine Waldorfschule zu geben. Die sind dort sehr musisch ausgerichtet.

Außerdem spielen dort viele Schüler ein Instrument und er könne sich dort bestimmt gut mit den anderen austauschen und so einer wie er findet dort leicht neue Freunde.

Okay ich fand die Idee toll.

Sofort hielten wir Familienkonferenz. Laynes sagte: ich habe ja keine andere Wahl ich möchte mir die Schule gerne ansehen.

Am nächsten Tag nahm ich Kontakt mit der Waldorfschule auf und schilderte unseren momentan Fall.
Die waren von den Socken. So etwas haben sie
noch nicht gehört, aber würden Laynes gerne einmal
kennenlernen um sich ein Bild von ihm machen zu
können.
Laynes konnte drei Wochen dort hospitieren. Ihm
gefiel die Ruhe und Gelassenheit gut.
Er bekam wieder eine Lehrerin.
Aber die war ausgezeichnet. Sofort sprachen wir
zusammen, als würden wir uns ewig kennen. Laynes
mochte sie sehr.
Nach den drei Wochen wurde eine Konferenz in der
Schule gehalten und abgestimmt, ob Laynes dort
aufgenommen wird. Wir zitterten dem Ergebnis ent-
gegen. Dann kam der erlösende Anruf! Wir haben
beschlossen ihren Sohn gerne aufzunehmen bei
uns. Hurraaaa!
Während Laynes hospitiert hatte, haben wir ihn vom
Arzt krank schreiben lassen. Das war der Vorschlag
der Waldorfschule damit er dort keinen weiteren
Ärger bekommt. Nun musste ich den restlichen Kram
klären und Laynes von der Stadtteilschule abmelden.
Das ging aber alles besser als wir dachten. Haken
an der neuen Schule war, dass die Schüler dort in
der elften Klasse den Realabschluss schreiben.
Aber das war uns allen inzwischen egal. So hatte
Laynes weniger Druck und konnte sich in Ruhe dort
einleben.

Der Weg ging auch hier wieder anders als geplant. Laynes hat ja gar nichts gegen die Schule... aber irgendwie auch doch, also gegen Schule generell. Der Musikfokus ist bei ihm so in den Vordergrund gedrungen, dass er einfach kaum noch Zeit für die Schule hatte. Im Chor ist er inzwischen führende Männerstimme.

Der Wunsch Opernsänger zu werden, ist das wichtigste in seinem Kopf. Durch seine großen Fortschritte steht der Aufnahmeprüfung an der Musikhochschule nichts mehr im Wege.

Sorry, doch die Schule! Das Problem ist, die Aufnahmeprüfung und die Schulabschlussprüfungen laufen fast parallel. Für das Studium ist es bei Laynes egal welchen Abschluss er hat. Er braucht sein Talent dazu. Und das hat der kleine Mann! (der kleine ist inzwischen der größte in der Familie mit 1,85m)

Wir führten ein ernstes langes Gespräch mit Laynes. Ich sah, so wie es im Moment läuft, kann es auf gar keinen Fall weiter gehen. Er schlief nicht mehr richtig. Sein Magen rebellierte, essen war fast gar nicht mehr möglich.

Dafür rauchte er viel zu viel. Die schlechte Laune die er hatte zog uns alle runter.

In dem Gespräch, was wir führten, war schnell klar, ihm war nur die Musik wichtig.

Der Schulabschluss war ihm egal. Uns mittlerweile auch... Hauptsache ihm geht es wieder besser!

In meinem Kopf ratterte es nur so. Wie kann man ihm schnell helfen.

Ich fragte ihn, ob ich ihn irgendwie aus der Schule nehmen soll, damit er sich ganz auf die Musik konzentrieren konnte.

Die Gedankengänge gefielen ihm. Nur wie willst du das machen? So etwas geht doch gar nicht, wegen der Schulpflicht hier in Hamburg. Da hatte er recht.

Aber es muss einen Weg geben. Jörg schüttelte erst den Kopf und meinte ich hätte ein Knall. Ja hab ich ja auch, gebe ich gerne zu. Eine bessere Idee hatte er aber auch nicht.

Wir sagten zu Laynes: gib uns ein paar Tage Zeit! Ihm blieb ja nichts anderes übrig. Ich telefonierte mich durch die Behörden.

Die erwähnten die Möglichkeit Laynes von der Schule zu beurlauben. So etwas haben wir auch schon häufig gehört. Nun musste ich noch herausfinden wie man so eine Beurlaubung beantragt. Vorher haben wir natürlich mit Laynes gesprochen und ihn gefragt, was er von der Möglichkeit hält? Er fand es gut, dass wäre ja ein Lichtblick! Ja, so kann er sich in Ruhe in die Musik vertiefen und ist den Schuldruck los.

So ein Antrag zu verfassen ist nicht einfach.

Da gehört so viel hinein unter anderem auch eine ausführliche Begründung. Außerdem zahlreiche Zeugnisse und Zertifikate...

Alles trugen wir nacheinander zusammen. Dann kamen die Gespräche in der Schule!

Zuerst unterhielten wir uns mit den Klassenlehrern. Die verstanden sofort unsere Not und versicherten, sie würden alles tun und uns unterstützen. Da fiel doch schon einmal ein Stein vom Herzen. Dann kontaktierte ich den Schulleiter! Der riet mir gleich, Laynes solle doch unbedingt den Abschluss machen und später die Musik. Ja, wollte Laynes auch ursprünglich, aber er kann nun einmal nicht anders. Laynes ist auch nicht der einzige Künstler, der nicht richtig in der Lage war zur Schule zu gehen. Viele haben lieber Musik produziert als in der Schule fleißig zu lernen. Laynes ist ja auch sehr fleißig... nur nicht mehr in der Schule.

In einem langen Gespräch erläuterte ich dem Schulleiter genau, wie unsere momentane Situation ist. Er sah ein, so kann es wirklich nicht weiter gehen. Wir sollten ihn die Unterlagen in die Schule schicken und er leitet sie dann an die Behörde weiter. Das muss nämlich die Schule machen.

So ein Antrag kann man nicht selber in die Wege leiten. Schade aber auch... ich arbeite viel schneller als die... !

Eltern wollen doch nur, dass ihre Kinder glücklich sind. Mehr möchte ich auch nicht.

Wir wissen auch das es nicht normal für jeden ist. Unser bzw. unsere Kinder sind nun einmal anders, weil sie hochbegabt sind.

Laynes hatte in der Zeit, wo wir die Beurlaubung beantragten keine Schule. Er hatte zwei Wochen

Praktikum in der Oper in der Kinderkomparserie und gleich darauf folgten die Ferien.

Es war wunderbar für ihn. Er gestaltete auch noch eine aufwendige Praktikumsmappe. Bis heute hat er die nicht wieder bekommen, geschweige eine Note. Auch egal! Nur schade um das Papier, dafür musste ein Baum sterben.

Die Ferien waren vorbei und ich meldete mich in der Schule, wie weit der Antrag ist. Der Schulleiter erklärte mir, der ist leider abgelehnt worden von der Behörde! Oh nein und nun? Er riet mir den Antrag ganz zurück zu ziehen. Nein, wir ziehen den Antrag auf gar keinen Fall zurück!

Er wollte es noch einmal versuchen in der Schulbehörde etwas für uns zu erreichen und wollte mir dann bescheid geben. Guter Plan, so machen wir es vielen Dank! Vorher hatten wir nochmal die Regelung für Laynes getroffen, das er nur die ersten beiden Stunden zur Schule kommt und dann frei für die Musik hat. Laynes freute sich und konnte wieder neue Kräfte sammeln. Die Vereinbarung beinhaltete auch das er auf jeden Fall die Realschulprüfungen machen muss.

Okay auch das kriegen wir hin! Zwischendurch, wenn Laynes einen von seinen Lehrern traf, fragte er nach, ob es etwas neues von dem Antrag gibt. Nein leider noch nicht, wir müssen uns noch gedulden. Ja klar vielleicht haben die Unmengen in der Behörde zu bearbeiten. Es ist schon so viel Zeit vergangen,

dass Laynes die Prüfungen schon hinter sich gebracht hat. Sind sehr gut gelaufen, bis auf Mathe.
Auch wurscht jetzt.
Furchtbar wenn man so in der Luft hängt.
Was wichtig ist, Laynes ist wichtig! Der Junge hat so gearbeitet und gelernt, für die Aufnahmeprüfung in der Musikhochschule. Im April war es dann soweit! Laynes fuhr mit uns zusammen zur Prüfung. Es war so spannend ich war mit Sicherheit aufgeregter als er.
Wir durften nicht mit in den Prüfungsraum. Jörg und ich warteten im Foyer!
Hilfe eine Minute wurde zur Stunde!
Dann kam Laynes auf uns zu. Na, ihr beiden! Wir können jetzt gehen hab alles gemacht, was ich konnte. Ich hab den Studienplatz!!! Was wirklich...? Wow wie toll ist das denn? Super toll, er hat es geschafft und fängt im Herbst an zu studieren.
Wie es mit der Schule weiter geht, bis zu den Sommerferien wissen wir noch nicht. Laynes möchte nicht mehr in die Schule, weil das Schuljahr sowieso gelaufen ist.
Für ihn wäre es nur ein Absitzen der Zeit. Nur leider herrscht die verdammte Schulpflicht in Hamburg. Wir freuen uns jedenfalls über so schlaue Jungs!

16. Kapitel

Nun Berichte ich von unserem Hund Spiky. Am 09.Januar 2016 ist unser kleiner " Plüschbär " 11 Jahre alt geworden. Wir sind froh, dass wir ihn haben. Er ist ein super lieber Freund und passt ordentlich auf uns alle auf. Er macht ein super Job hier bei uns.

Über Ostern stellten wir fest das er unaufhörlich an seinem Hinterfuß nagte und leckte. Wir waren alle lustig beisammen, von Laynes der beste Freund Cecil war über Ostern bei uns.

Wir planten gerade essen zu gehen. Finn hatte etwas anderes vor und wollte nicht mit. Laynes und Cecil wollten gerne mit zum Griechen! Jörg rief im Restaurant an und reservierte einen Tisch für uns.

Spiky stand im Flur und war wild an seinem Hinterfuß zu Gange. Laynes nahm ihn auf dem Arm und sagte zu mir, bitte Mama sieh dir doch einmal seine Pfote an. Ich sah mir seine süße Fellpfote an und musste feststellen, dass er zwischen den Zehen eine dicke rote Stelle hat.

Im Schrank hatte ich noch Lebertran Salbe. Die Salbe habe ich ihm dann auf die wunde rote Stelle geschmiert.

Das machte ich ein paar Tage. Leider bemerkte ich, das keine Besserung zu sehen war. Wieder überlegte ich, wie ich ihm am besten helfen könnte. Dann machte ich ihm ein Verband mit Betaisodona Salbe.

Den wollte ich zwei Tage an seiner Pfote lassen, nur leider hat er den nachts im Bett abgebummelt. So ein Schlemiel.

Wir betrachteten wieder seine Stelle und sahen, auch mit der Salbe keine Besserung.

Finn und Laynes sagten: ab zum Arzt mit ihm. Ja sie hatten ja recht, ich musste mit ihm zum Tierarzt! Mittlerweile tat ihm die Pfote wohl so weh, dass er mehrfach hinkte und auf drei Beinen ging. Es war wirklich Zeit zum Arzt zu gehen mit ihm.

Am nächsten Morgen machten wir beide uns auf dem Weg zum Tierarzt. Dazu muss man wissen Spiky möchte dort nicht in die Praxis. Er zieht in alle Richtungen, wenn man ihn an der Leine hat, aber bloß nicht da rein!

Die letzten dreißig Meter habe ich ihn getragen, um ihn den Stress ein bisschen zu nehmen. Dabei ist er mir fast vom Arm gesprungen. Es nützte ja nichts, wir mussten da jetzt zusammen durch.

Es war nicht voll in der Praxis. Spiky saß aufgeregt auf meinem Schoß. Dann wurden wir aufgerufen und gingen in das Behandlungszimmer. Spiky ist super lieb und lässt alles mit sich machen.

Die Tierärztin begutachtete seine Hinterpfote genau. Es gibt mehrere Möglichkeiten was der kleine Mann hat. Für mich sieht es so aus, als hätte er sich beim Laufen etwas reingetreten, was sich nun entzündet hat. Daher die Schwellung.

Für drei Tage bekommt er einen Betaisodona Verband und dann gucken wir nach, ob es besser geworden ist.

Ach ein Betaisodona Verband habe ich ihm auch schon gemacht, allerdings nur für ein paar Stunden, weil er ihn dann wieder abgemacht hat.

Ach so, gut zu wissen, dann muss ich den Verband gut festkleben, damit er auch drei Tage hält. Spiky sah richtig süß damit aus und konnte auch fast normal mit dem Verband laufen. Die Familie war nun neugierig... na was ist mit ihm? Warum hat er so ein dicken Verband um? Wie lange muss er dran bleiben? Alle fragten aufgeregt durcheinander. Ich erzählte ihnen alles.

Wir müssen nun hoffen, dass der Verband mit der Salbe ihm hilft und das die Schwellung zwischen seinen Zehen zurück geht. Wenn nicht, dann könnte es auch etwas Böses sein! Aber da sollen wir noch nicht dran denken. Leicht gesagt... schwer getan!

Die Tage vergingen und wir spazierten wieder in die Tierarztpraxis. Die Hoffnung von uns allen war so groß. Er darf bitte nichts Böses haben!

Der Verband wurde abgewickelt... ich möchte gar nicht hinsehen... dann sagte die Ärztin: tut mir leid, aber besser geworden ist hier gar nichts, eher noch größer gewachsen! Ach du je... mir blieb fast die Spucke weg, das heißt: wir müssen eine Gewebeprobe entnehmen und sie ins Labor schicken. So ein Mist... der arme Kerl... das hat er niemals verdient!

Wir haben ihn doch alle sehr lieb! Sie erklärte mir alles ganz genau. Ich solle ja auch nicht nur negativ denken, es besteht ja auch die Chance, das es ein gutartiger Tumor ist. Aber ein Tumor ist es auf alle Fälle. Das steht schon einmal fest.

Dieses Ergebnis quälte uns. Es darf bitte bitte nichts böses sein. Die Hoffnung stirbt bekanntlich zuletzt, weiter kämpfen und nicht aufgeben. Wir warteten eine Woche auf das Laborergebnis.

Die Tierärztin rief mich an. Hallo, ich muss ihn leider mitteilen, dass Spiky den schlimmsten aggressiven Tumor hat den man momentan feststellen kann. Mir zog es den Boden unter den Füßen weg. So eine " Scheiße" schrie ich durch das Haus und weinte.

Total fertig und wütend... warum haben wir wieder die Arschkarte gezogen.

Jörg, Finn und Laynes kamen zu mir gelaufen. Hey, was ist denn los, warum weinst du so? Jörg sagte gleich: ich glaube der Tierarzt hat angerufen. Ja so ist es... Spiky hat den aggressivsten Tumor den es gibt und deshalb bin ich gerade so aufgebracht.

Er musste operiert werden... der Zeh sollte amputiert werden... ich wollte wissen ob der Krebs schon gestreut hat. Wir ließen ein Röntgenbild von ihm machen. Die Aussage war, alles noch gut! Am besten wir machen jetzt schnell einen OP Termin, damit der Zeh ab kommt und es ihm schnell wieder besser geht. Ja wir machten einen Termin und uns allen stand der Termin bevor!

Es ist furchtbar anzusehen, wenn so ein süßer kleiner Hund Schmerzen hat.

Laynes und ich brachten ihn zur OP in die Praxis. Wir begleiteten ihn in die Narkose. Er war so tapfer, als wenn er genau wusste, mir wird jetzt geholfen! Oder ihm war alles egal.

Als der Kleine in Narkose lag mussten wir nach Hause gehen. Die Ärztin wollte uns anrufen, wenn die OP geschafft ist. Die Narkose ist für Spiky mit Vorsicht zu genießen, weil er Epileptiker ist. Mit einem Kloß im Bauch gingen wir nach Hause.

Nach ca. 1,5 Stunden klingelte das Telefon! Die Tierärztin teilte uns mit, es ist super gelaufen ohne Komplikationen und er wird auch schon so langsam wach.

Um 16:00 Uhr können wir unseren Liebling abholen. Puh geschafft! Die Zeit verging total schnell.

Schwupp war ich wieder in der Praxis um den Kuschelbären zu holen. Dann wurde er gebracht, ich hielt ihm im Arm. Er roch mich und kuschelte sich an mich und gab mir Küßchen.

So ein Lieber! Die Narkose wirkte noch ein wenig. Er zitterte in seinem Korb. Ich konnte es nicht mit ansehen und nahm ihn in den Arm. Sofort hörte er auf zu zittern. Außerdem war ihm sehr übel. Wir kümmerten uns alle um ihn. In der Nacht hatte er auch noch unter Übelkeit zu leiden. Es wurde dann aber immer besser.

Nächsten morgen hatte er Hunger, der arme Hund. Ich gab ihm eine kleine Portion zur Probe.

Er schleckte sich die Schnauze, als wollte er sagen...
nun mach mal voll das Napf. Gutes Zeichen! Die
kleinen Mahlzeiten sind ihm gut bekommen.
Jeden Tag ging es ihm ein bisschen besser. Dann
sind wir zum Verbandwechsel zum Tierarzt. Ich war
total gespannt, wie seine Pfote nun aussieht. Sie war
schon sehr gut verheilt und sah aus wie ein kleiner
Vogelfuß.
Zweimal kam noch ein neuer Verband drauf und
dann sollte er es ohne versuchen. Es war alles zu,
die Fäden raus, aber die Haut natürlich noch sehr
dünn. Die Angst war groß, dass wenn er durch den
Garten sprintet, die Wunde aufreißt.
Ich tüdelte ihm ihm zum Schutz einen Verband um
und zog ihm noch eine Socke drüber. Keine Stunde
verging, da war alles wieder ab. Dann haben wir ihm
nur eine Socke angezogen. Auch die hielt nicht
lange. Dann habe ich gedacht, vielleicht musst du
ihm einfach vertrauen.
Er merkt ja, wenn es ihm weh tut. So haben wir es
gemacht. Jeder hat ein Auge auf ihn geworfen und
aufgepasst, dass die Pfote heil bleibt.
Mittlerweile geht er ganz normal. Wer nicht weiß,
dass ihm ein Zeh fehlt, merkt es gar nicht. Wir sind
stolz auf ihn. So ein tapferer Kämpfer!
Hoffentlich bleibt er noch lange bei uns und passt auf
uns auf!

17.Kapitel

Freunde haben wir nicht viele, aber die Freunde die wir haben sind echte Freunde!
Meine älteste Freundin ist Tanja. Sie war fünf Jahre und ich vier als wir uns kennen lernten. Tanja hatte mit ihren Eltern vorher in Harburg in einer Wohnung gewohnt. Nun sind sie zu uns auf die Hamburger Insel Wilhelmsburg gezogen.
Zwei Häuser neben uns haben sie ein Haus zur Miete. Natürlich war ich sofort neugierig, wer da neu in dieses Haus gekommen ist.
Es dauerte nicht lange, da sah ich ein Mädchen vor der Haustür auf der Treppe sitzen. Die sieht eigentlich ganz nett aus, dachte ich... ob ich sie einmal anspreche und frage wie sie heißt? Und ob sie mit mir spielen möchte? Nach einer Weile traute ich mich sie anzusprechen!
Hallo, ich bin Kerstin und wie heißt du?
Oh hallo, ich heiße Tanja antwortete sie. Aha, wie alt bist du denn? Tanja erzählte mir:" ich bin fünf Jahre alt und du?"
ich bin vier Jahre... möchtest du mit mir heute spielen? Ja, sie wollte mit mir spielen und das freute mich sehr, weil nicht so viele Kinder in der Nähe wohnen bei uns.
Tanja fragte ihre Mutter, ob sie mit zu mir kommen darf. Sie durfte! Wir machten sehr viele Dinge zusammen und hatten viel Spaß.

So langsam lernten sich unsere Eltern durch uns kennen. Die verstanden sich auch auf anhieb. Nach den Sommerferien sind wir beide in die Schule gekommen. Nur leider nicht in die gleiche. Das haben wir beide nicht verstanden. Da hätten sich doch unsere Eltern vielleicht absprechen können... Wir wissen es bis heute nicht! Aber das fragen wir noch!

Trotzdem verabredeten wir uns regelmäßig nach der Schule und den Hausaufgaben.

Wenn unsere Eltern es erlaubten, übernachteten wir bei uns oder bei ihr zusammen. Dann guckten wir viel zu lange Fernsehen und anschließend erzählten wir uns Gruselgeschichten.

Danach hatten wir so viel Angst, dass wir uns unter der Bettdecke versteckten! War schon lustig und ziemlich doof, was wir damals gemacht haben.

Nach vier Jahren hatten wir beide die Grundschule beendet. Nun überlegten unsere Eltern zusammen auf welche Schule sie uns geben. Die Lösung war schnell gefunden für unsere Eltern. Nicht weit von uns macht eine neue Gesamtschule auf. Weil man dort alle Abschlüsse machen konnte, ist wohl dei Wahl auf die Schule gefallen.

Wir sind tatsächlich zusammen in die fünfte Klasse gekommen. Es waren so viele Schüler angemeldet, das es sechs fünfte Klassen gab. Von a bis f.

Die Einschulung fand in der Aula statt.

Es war natürlich proppenvoll!

Die Lehrer stellten sich nacheinander vor, die die fünften Klassen übernehmen sollten. Mir gefielen alle bis auf eine... und diese eine wurde Tanja und meine Klassenlehrerin. Wie furchtbar!

Nun wartet doch erst einmal ab, sagten unsere Eltern. Die ist bestimmt auch ganz nett. Nett ist die kleine Schwester von " Scheiße " und genauso war sie!

Früher war ich noch so schüchtern und einfach lieb und habe gehört, was man mir gesagt hat. Diese Lehrerin hat mich so fertig gemacht, bis ich kein Wort mehr herausbringen konnte. Wenn ich etwas vorlesen sollte, habe ich gedacht ich ersticke, weil ich einfach keine Luft dazu hatte vor Aufregung!

Die Mitschüler haben mich dann immer ausgelacht. Ich habe mich sehr geschämt. Wäre am liebsten im Erdboden versunken.

Als ich zu Hause war, weinte ich jedesmal sehr und wollte nicht mehr in die Schule gehen. Zur Antwort bekam ich nur... da musst du durch... das ist nun einmal so. Stell dich doch bloß nicht so an!

Tanja kam besser bei ihr weg. Sie hat wohl mehr einen Kieker auf mich gehabt... leider!

Ich habe die harten Jahre tapfer durchgehalten, wie ich es geschafft habe weiß ich nicht. Manchmal hat Tanja mir beigestanden und ein paar liebe Worte für mich gehabt. Das war aber nur selten, sie hatte wohl Angst, dass sie auch ausgelacht wird. Wer mag das schon haben?

Aber genau darüber war ich sehr traurig. Warum war Tanja nicht immer für mich da, wenn es mir schlecht ging. Ich hätte alles für sie getan.

So war ich in der Klasse eine der wenigen Außenseiterin. Aber auch das war mir irgendwann egal. Man gewöhnt sich auch an so miese Dinge. Und manchmal ziehen sie einen sehr herunter.

Tanja und ich machten nach der 10. Klasse unseren Realabschluss.

Wir hatten beide eine Gymnasialempfehlung.

Für mich stand aber schon ewig fest, nach der zehnten gehe ich auf jeden Fall ab. Weg aus dieser blöden Schule und von dieser fiesen Lehrerin. Mein Bedarf war mehr als erfüllt. Tanja ist auch abgegangen!

Damals wollte ich unter anderem auch gerne Technische Zeichnerin werden. Noch während der Schulzeit schrieb ich über 100 Bewerbungen! Bewarb mich als Arzthelferin, Friseuse und als Technische Zeichnerin. Leider war es eine Zeit, wo es kaum Lehrstellen gab. Damit ich nicht auf der Straße sitze, meldete ich mich an der Fachhochschule für technisches Zeichnen an und bekam dort ein Platz. Besser als nichts...!

Sechs Wochen war ich an der Schule, die wirklich sehr anspruchsvoll war und wo man kein Unterrichtsstoff verpassen sollte, weil der Anschluss sonst schnell verloren geht.

An einem Abend war ich mit Freunden unterwegs und ging unachtsam eine Treppe hinunter in einem

Treppenhaus von meinem Freund und knickte so heftig um, dass ich sofort wusste da ist gehörig was in meinem Fuß kaputt gegangen. An auftreten oder gehen war nicht mehr zu denken. So ein Mist und diese starken Schmerzen. Es gab nur noch den Weg ins Krankenhaus. Der Fuß wurde immer dicker!

Nach dem Röntgen kam heraus: zwei Bänder gerissen und das dritte angerissen. Das bedeutete für mich im Krankenhaus bleiben und warten bis die Schwellung zurück ging und dann eine Operation. Die Bänder mussten wieder zusammen genäht werden. Mit dieser Sache lag ich drei Wochen im Krankenhaus.

Jeden Tag ließ ich mir die Hausaufgaben und den Unterrichtsstoff bringen, damit ich bloß auf dem Laufenden blieb. Nur wenn man nicht direkt im Unterricht sitzt und sich alles selber erarbeiten muss ist es echt schwierig! Danach musste ich noch Wochen an Krücken laufen. Aber zur Schule bin ich trotzdem gegangen. Leider musste ich feststellen, dass ich nicht mehr mitkam. Zu viel hatte ich verpasst. Das ärgerte mich sehr. Ich brauchte dringend ein neuen Plan.

Jeden den ich traf, fragte ich nach einem Ausbildungsplatz! Mittlerweile war es mir egal welchen Beruf ich lerne.

Wir waren bei meiner Tante zum Kaffee eingeladen und klönten gemütlich.

Sie fragten was ich gerade so mache. Ich erzählte ihnen, das ich immer noch keine Lehrstelle gefunden habe und mir es eigentlich wurscht ist was ich lerne... Mein Onkel ist Malermeister und sagte lachend: ich hätte eine Lehrstelle für dich wenn du Maler und Lackierer werden möchtest!

Was wirklich? Ja klar mach ich wann kann ich anfangen?

Mein Onkel war erstaunt!

Damit hatte er nicht gerechnet. Den Platz bekam ich sofort.

Die Ausbildung war in Ordnung und hat mir auch Spaß gebracht. Es ist für ein Mädchen nicht immer leicht in einem Männerberuf.

Die Gesellen bei mir in der Firma waren insgesamt in Ordnung. Aber wenn andere Handwerker noch auf die Baustelle dazu kamen, wie zum Beispiel Elektriker (Strippenzieher) oder Maurer...

Die dachten doch tatsächlich, wir Frauen auf dem Bau seien Freiwild!

Manche Männer wollten mich direkt in der Mittagspause vernaschen!

So aufdringlich, dass ich um Hilfe schreien musste! Einer von meinen Gesellen musste mich immer retten. Allein konnte ich mich kaum gegen die wehren.

Eine FRECHHEIT war das! Die dachten wir sind nicht zum Arbeiten hier, sondern zum Poppen! Mehrmals befand ich mich in so einer Situation.

Mein Chef staunte auch nicht schlecht, als er davon erfuhr.

Danach bekam ich nur noch die besten Baustellen, mit den vernünftigsten Gesellen. Das war super für mich, denn so habe ich sehr viel hochwertige Tapeten kleben dürfen und tolle außergewöhnliche Techniken probiert und gelernt.

Leider ist es ein Knochenjob mit geringer Bezahlung. Für mich war klar, nach der Ausbildung ist Schluss. Aber bereuen tue ich nichts. Die Ausbildung hat mir gut getan ich habe viel gelernt und kann unser Haus selber renovieren! Es bringt mir heute noch Spaß!

Die zweite Ausbildung, die ich gemacht habe geht in den medizinischen Bereich, der mich auch schon immer beschäftigte.

Ich habe einen Ausbildungsplatz in der Altenpflege bekommen in der Seniorenanlage Neugraben. Warum Altenpflege kann ich nicht genau beantworten.

Vielleicht, weil ich keine liebe Oma hatte und so sehr eine vermisst habe. Das ist bestimmt der Grund gewesen. So hatte ich ganz viele liebe Omis um mich herum, die ich betüdeln konnte und die froh waren, dass ich da war.

Auch in dieser Ausbildung habe ich viel bewegt und möglich gemacht! Diejenigen, die Geburtstag hatten und keiner aus der Familie kam, waren natürlich traurig und hatten keine Lust mehr zu Feiern.

Ich wusste mit wem sie gerne die Zeit verbringen, hab die Leute eingeladen und in der Küche einen Kuchen bestellt und die Herrschaften an einen Kaffeetisch gesetzt. Die Freude war groß und der Geburtstag gerettet.

Die lieben Menschen die allein in ihren Zimmern saßen und Langeweile hatten, die habe ich gefragt, ob wir nicht einmal zusammen ins Einkaufszentrum nach Neugraben gehen wollen. Sofort war Begeisterung da und der Ausflug ging los.

Es musste immer alles genau mit der Pflegedienstleitung abgesprochen werden, aber das war für mich kein Problem.

Die Leute die im Rollstuhl saßen habe ich einfach geschoben. Hauptsache sie waren glücklich. Ende des Sommers habe ich eine Modenschau organisiert in der Anlage. Jeder der Lust hatte sollte mitmachen und irgendetwas anziehen, was ein bisschen aus der Rolle fällt.

Ich zum Beispiel bin als Braut über den Laufsteg getanzt. Alle hatten Spaß und meine Aktionen haben auch kaum etwas gekostet. Deswegen konnte ich sie auch immer durch kriegen!

Zu Weihnachten habe ich auch eine Feier organisiert. Da habe ich meinen kleinen Bruder gefragt, ob er nicht Lust hätte mit zu kommen und Süßigkeiten als Weihnachtsmann verteilen möchte. Er fand die Idee gut und wollte gerne den Weihnachtsmann spielen.

Das hat er auch sehr gut gemacht, die Bewohner waren begeistert und haben sich sehr über seinen Besuch gefreut.

Das war mein Ziel, ich wollte die Bewohner glücklich sehen. Das ist nicht einfach.

Viele Bewohner sind noch so fit und brauchen dringend eine Aufgabe. Auch das habe ich versucht möglich zu machen. Einige Bewohner habe ich einfach zusammen gesetzt, wo ich wusste, dass sie die gleichen Interessen haben, wie zum Beispiel Handarbeit. So ist der Handarbeitsclub entstanden! Andere haben gerne gekocht, die habe ich regelmäßig in der Küche untergebracht. Zum Pudding kochen, Kuchen backen und so weiter. Manche waren schon überglücklich wenn sie nur Kartoffeln geschält haben. So einfach geht es eigentlich!

Auch diese Ausbildung habe ich durch gute Noten verkürzt auf zwei Jahre. Danach hatte ich mein Examen!

Auch hier wollte ich nach der Lehre nicht weiter in dem Beruf arbeiten. Viele Bewohner liegen täglich in ihren Zimmern hilflos auf dem Boden und sie wissen nicht warum, weil sie so dement sind. Das hat mich immer sehr traurig gemacht. Es gab auch einige die sehr brutal mit uns Pflegerin umgegangen sind. Mein Platz war wo anders....

Ich bewarb mich mutig, als Arzthelferin. Nun hatte ich ja mein Examen. Ein türkischer allgemeiner Arzt war von mir überzeugt und stellte mich sofort ein. Er nannte mich Kerstinchen! Von ihm habe ich eine Menge gelernt und es brachte mir riesigen Spaß!

Bei Magenspiegelungen habe ich mitgeholfen und durfte mit gucken, was bei den Patienten so im Magen los war. Das war einfach toll für mich.

Ich habe das Blut abnehmen bei ihm gelernt.

Wir hatten einen alten Seemann, der regelmäßig zur Kontrolle in die Praxis kam und der hatte Venen die man nur treffen konnte und er fand es toll, das ich es lernen wollte und stellte sich gerne zur Verfügung. Er meinte danach er kommt jetzt nur noch zu mir, weil es gar nicht weh getan hat.

Super, das macht Mut auf mehr! So war es auch... Nun war ich bereit, bei den verschiedensten kleinen Operationen dabei zu sein und zu helfen. Ja kannst du gerne machen... wehe du fällst mir dabei um! Nein ich gehe vorher raus habe ich gesagt!

Das erste mal musste ich einen Moment raus gehen und Luft holen. Aber dann war alles okay und ich war nun immer dabei. Sogar zu nähen durfte ich. Der Nachteil war, ich war fast nie vor 22:00 Uhr zu Hause. Jeden Tag soooo viele Patienten. Es wurden immer mehr.

Mein Gedanke war in der Nähe eine Praxis zu finden, um die Mittagspause zu Hause zu verbringen oder bei meiner Mama.

Tatsächlich fand ich eine Kinderarztpraxis bei uns im Einkaufszentrum die eine Helferin suchte. Die Bewerbung war schnell geschrieben und ich gab sie dort ab, um schon einmal ein Blick in die Praxis zu werfen. Der erste Blick war für mich okay!

Kurz darauf folgte ein Vorstellungsgespräch und danach hatte ich den Job. Das Beste war mehr Geld bekam ich auch! Wunderbar... Der türkische Arzt wollte mich mit allen Mitteln halten. Er hätte mir alles gezahlt was ich wollte. Für mich war es zu spät. Er hätte mir gerne eher mehr zahlen können. Und ich wollte nicht immer so spät zu Hause sein.

Gespannt war ich nun auf die Kinderarztpraxis. Wie süß, wenn die kleinen Erdnuckel zur Vorsorgeuntersuchung kommen. Es war schön mit den Kindern zu arbeiten! Ich habe ihnen immer alles ganz genau erklärt und gezeigt, was ich mache und sie haben gespannt zugesehen und gefragt... Nach der Behandlung gab es immer drei Gummibärchen! Das wussten die Kinder genau.

In der Kinderarztpraxis habe ich gearbeitet, bis ich mit Finn schwanger war, bzw. ich nicht mehr arbeiten konnte. Diese Zeit war auch schön. Wieder habe ich viel dazu gelernt.

Sehr praktisch, wenn man dann selber Kinder hat. So haben wir zahlreiche Arztbesuche gespart, weil ich selber wusste, welche Medikamente ich brauchte.

Medizin ist ein Gebiet, was mich schon immer neugierig gemacht hat.Außerdem ist unser Körper total spannend.

Tanja ist nach der zehnten Klasse auf die Handelssschule gegangen und hat abschließend eine Ausbildung zur Speditionskauffrau gemacht. In dieser Zeit haben wir uns fast ganz aus den Augen verloren. Jeder hatte seinen Freundeskreis und lebte für sich in seinem Umfeld. Zwischendurch bekam ich mit, dass Tanja eine Wohnung mit ihrem Freund bezogen hatte. Jörg und ich waren zur Einweihung da. Schön war es wieder einmal mit ihr zu brabbeln. Es waren immer lange Zwischenräume bis zur nächsten Verabredung. Aber wir haben es geschafft den Kontakt über die Jahre halten. Wir haben viele Gemeinsamkeiten, obwohl wir ein total verschiedenes Leben führen.

Sie hat keine Kinder und ist dann auch von der Insel gezogen. Aber wenn wir uns sehen oder nur telefonieren haben wir immer jede Menge zu erzählen. Richtig schön ist es! Über vierzig Jahre sind wir nun befreundet. Seit Jahren feiern wir Silvester gemeinsam, dass lassen wir uns nicht nehmen.Wir brauchen keine große Party und viel Alkohol um lustig zu sein... wir schaffen das auch so! Mit dem Smartphone haben wir fast jeden Tag Kontakt über Whats app! Eine wunderbare Sache. Fotos werden natürlich auch regelmäßig ausgetauscht.

18. Kapitel

Über Jörg gibt es auch noch einiges zu berichten! Ich hatte erzählt, dass er glücklicher Lokführer bei der S-Bahn Hamburg ist.

Er liebt diesen Job, aber der Drang weiter zu kommen arbeitet auch in ihm.

Jörg wurde auf eine Stellenausschreibung als Teamleiter bei der S-Bahn aufmerksam. Er berichtete mir ausführlich davon, war sich aber noch unsicher. Außerdem sprach er mit Finn und Laynes, was die davon halten würden. Die Kinder bestärkten ihn, den Schritt zu gehen. Ich konnte ihm die Entscheidung nicht abnehmen. Er muss wissen ob der Job etwas für ihn ist. Da kenne ich mich nicht so gut aus bei der Bahn.

Nach ein paar Wochen, die Bewerbungsfrist fast abgelaufen, war Jörg sich plötzlich sicher! Ich bewerbe mich jetzt einfach. Mehr als mich ablehnen können sie ja nicht. Dann fahre ich eben weiter. Das Alter spielt bei Jörg natürlich auch eine Rolle, er ist nicht mehr der Jüngste. So zu sagen die letzte Chance, noch etwas zu erreichen im Leben. Genau das wollte er. Wir fanden es gut und stehen ihm zur Seite.

Die Bewerbung hat er blitzschnell fertig gestellt. Finn hat vorher noch einmal alles durchgelesen. Als auch er zufrieden war, durfte der Umschlag geschlossen werden. Schicke neue Bewerbungsfotos hat er auch noch gemacht! Ich hätte ihn sofort genommen... hihi! Jörg hat die Bewerbung persönlich abgegeben, damit sie auch noch rechtzeitig ankommt. Die Angst das sie in der Post verloren geht, ist immer groß bei uns.

Nach ein paar Wochen bekam er Post! Es war ein kleiner Umschlag, also wohl keine Absage. Juhu... keine Absage!

Es wurde sich in dem Schreiben für die Bewerbung bedankt und für das Interesse. Außerdem bekam er eine Aufgabenstellung und eine Einladung zum persönlichen Gespräch. Die Aufgabe war zu einem vorgegebenen Thema eine Präsentation zu erarbeiten, die eine Länge von fünfzehn Minuten nicht überschreiten durfte. Da war eine spannende Sache.

Er hatte nur eine Woche dafür Zeit. Ausgerechnet hatte er gerade nur lange Schichten zu fahren. Ich will damit sagen: eigentlich, wäre er nach dem er gegessen hat auch schon wieder ins Bett gegangen, damit er ausreichend Schlaf für die nächste Schicht hat. Dieses ging nun nicht, er musste die Präsentation sorgfältig ausarbeiten. Die

Damit nicht genug, als Jörg sie fertig hatte musste er üben, wie trage ich sie am besten vor.

Das war nicht leicht mit ihm! Wir mussten ihn deutlich kritisieren, damit er das "Ding" auch perfekt präsentiert.

Dieses ist ihm gelungen! Er sah in nette lächelnde Gesichter. Die Fragen die im Anschluss gestellt wurden beantwortete er ruhig und sachlich.

Er kam erleichtert nach Hause. Aber auf eine Antwort mussten wir noch warten, weil jeder Bewerber so einen Vortrag halten musste und es waren viele Bewerber! Uijui jui... spannend! Geduldig warteten wir. Jörg fragte täglich am Telefon: ist Post für mich gekommen? Nein Schatz, leider nicht.

An einem schönen Tag, wir saßen draußen im Garten da klingelte sein Diensthandy! Wer stört mich denn jetzt? Es war eine freundliche Dame aus der Personalabteilung die ihm mitteilen wollte, herzlichen Glückwunsch, wir haben uns für Sie entschieden. Ab Oktober begrüßen wir Sie als Teamleiter! Der Vertrag kommt per Post. Ich wusste ja immer noch nicht wer da am Telefon ist und war gespannt wie ein Flitzebogen. Als das Gespräch beendet war, erklärte er mir alles ganz glücklich. Endlich bekommt er das, was er möchte.

Schnell verging die Zeit. Der Oktober hat begonnen und Jörg sein neuen Job als Teamleiter. Eine totale Umstellung hat wieder für uns begonnen. Vom Schichtdienst wieder in den normalen Tagesdienst. (z.B. 7:00 - 15:18) so arbeitet er meistens.

Mal mehr, oft mehr, er kann sich seine Arbeitszeit selber einteilen.

Es beginnt für ihn wieder eine Lernphase! Viele Seminare, die ihn alle immer ein Stück weiter bringen. Fachlektüre für Führungskräfte werden jetzt in der Freizeit gelesen.

Somit haben wir keine Langeweile.

Unsere Tage sind von früh bis spät ausgefüllt. Das wichtigste er ist glücklich. Aber er ist auch immer total kaputt nach Feierabend. Viel habe ich momentan auch wieder nicht von ihm.

Macht aber nichts ist eben gerade so und Jörg ist noch in Phase wo er so viel lernen muss und auch sofort anwenden muss. Jeden Tag kommen neue Aufgaben und auch Probleme auf ihn zu, die bearbeitet und gelöst werden müssen!

Immer eins nach dem anderen. Ich versuche ihm all meine Kraft zu geben und helfe wo ich kann. Und Quatsch machen tun wir auch noch nebenbei, denn Lachen ist gesund und tut uns gut! Mal schauen, wie es weiter geht.

19.Kapitel

Es gibt noch ein für mich sehr ernstes Thema! Es heißt Alkohol!

Als ich früher klein war und meine Eltern regelmäßig Partys gefeiert haben,war es für Tanja und mich normal am nächsten Tag die restlichen Knabber-sachen zu essen. Dann bekamen wir auch Durst in vielen Gläsern befanden sich noch Reste. Was da drin war wussten wir ja nicht. Für uns Cola und Brause...

Hat nie einer gemerkt, dass wir bei den Resten bei waren, aber wir sind davon nicht betrunken gewe-sen. Es schmeckte uns nicht, also haben wir hier und da einmal genippt.

Zu meiner Konfirmation durfte ich ein Glas Sekt trinken, da war ich dreizehn.

Mein Vater hat immer sehr darauf aufgepasst, dass ich nicht zu viel trinke. Habe ich auch nie. Auch als ich älter war habe ich mich nie betrunken. Mein Vater hat mir immer deutlich gesagt: wenn du von der Polizei angetrunken aufgesammelt wirst, hast du Pech gehabt. Ich hole dich dort nicht ab. Das war meine größte Angst! Ich allein in einer Zelle... Aber warum hat er sich nicht an seine Regeln gehalten? Fragte ich mich irgendwann. Denn er hat sich früher oft mit seinen Feuerwehrkollegen einen auf den Docht gegossen. Was ich nicht witzig fand. Ganz im Gegenteil, ich hatte immer sehr große Angst um ihn.

Ich kann mich noch ganz genau an den dreißigsten Geburtstag von meinem Papa erinnern.

Das Wetter war herrlich und ich musste früh ins Bettchen wegen der Schule.

An Schlafen war nicht zu denken, es war mir viel zu warm im Bett. Somit guckte ich raus in den Garten, wo mein Papa ziemlich betrunken unter dem Birnenbaum saß. Ich mochte das nie haben. Bei fremden Leuten ist mir das total egal.

Menschen die mir nahe stehen, wie die Familie, da kriege ich die absolute Panik. Es ist nicht verboten Alkohol zu trinken bei uns, aber mir ist wichtig, die Grenze zu kennen. Damit meine ich wenn man schon einiges getrunken hat und dann merkt, so nun reicht es, wenn ich weiter trinke stürze ich ab. Leider klappt es nicht immer.

Bei mir schon. Ich trinke nicht viel... will ich auch gar nicht. Jörg trinkt ähnlich wie ich. Wenn wir am Wochenende mit der Bahn unterwegs sind, habe ich auch immer Panik, dass jemand besoffen in die Bahn oder Bus kotzt! So etwas kann mir den ganzen Abend versauen. Wenn mich jemand fragt, warum ich so extrem denke, kann ich es nicht genau beantworten. Vielleicht, weil es mir so streng verboten wurde... keine Ahnung!

Hoffentlich bekommen meine Kinder es gut hin mit Alkohol um zu gehen. Mir geht es nie gut, wenn ich weiß, dass die Jungs was Trinken sind. Nur ein Gedanke... bitte nicht zu viel!

Bin dann froh, wenn sie wieder zu Hause sind. Beide waren schon total betrunken. Ich saß fast die ganze Nacht am Bett, weil ich Angst hatte die atmen nicht mehr. Aber Jörg hatte genau so eine Angst wie ich. Schlimm finde ich das. Aber ich glaube die meisten Eltern machen sich nicht solche Gedanken wie wir.

Den meisten ist es egal, weil sie selber auch trinken bis nichts mehr geht. Dieses habe ich von vielen Eltern gehört. Die sagen auch nur, da müssen die durch! Ja ja, ich auch! Ich hab meine Familie viel zu doll lieb, die sind mir eben nicht egal.

Tja, auch Eltern müssen immer dazu lernen und mit ihren Aufgaben wachsen. An so etwas denkt man noch lange nicht, wenn die Kinder klein sind. Wir jedenfalls nicht, vielleicht habe ich es auch verdrängt! Außerdem denkt man, so etwas machen die eigenen Kinder niemals. Die sind doch schlau und vernünftig. Das Umfeld ist leider nicht so... Somit muss ich auch noch viel lernen und ertragen.

Aber ich bin schon oft an meine Grenzen gekommen. Für mich ist es ein Leckerlie, wenn ich Alkohol trinke. Wir können es genießen ein Bier zu trinken oder eine Flasche Sekt teilen. Ein süßes Gläschen Wein beim Griechen finde ich auch lecker, aber mir langt eins. Ich könnte noch unzählige Beispiele aufzählen. Wird aber für diejenigen langweilig die anders über das Thema denken. Wir finden es aber wichtig, darüber zu reden!

Eine lustige Sache fällt mir da noch gerade ein. Am Wochenende hat mein Papa gerne ausgeschlafen.

Kinder so wie ich sind aber früh wach und voller Tatendrang. Meine Mama ist mit mir aufgestanden. Wir haben zusammen gefrühstückt und ich wollte wissen wann denn nun endlich mein Papa wach wird und auch aus dem Bett steigt. Meine Mama meinte, lass ihn doch schlafen. Ne das fand ich doof.

Ich schlich nach oben ins ins Schlafzimmer und vergewisserte mich ob er wirklich noch schläft. Ja, dass tat er.

Du Mama, darf ich ein paar Schminksachen von dir benutzten? Ja darfst du... aber vorsichtig! Super danke!

Die Idee war mein Papa zu schminken, während er schläft. Tja, dass habe ich dann auch sorgfältig getan. Er bekam blaue Lidschattenaugen gemalt und mit einem Kajalstift habe ich ihm ganz viele Sommersprossen ins Gesicht gezaubert.

Rote Bäckchen durften auch nicht fehlen... und einen großen Kußmund hat er auch noch bekommen. Nun waren die Haare dran! Sorgfältig habe ich kleine Strähnen abgetrennt und habe ihn ca. zwanzig kleine Zöpfe gemacht.

Meine Mutter wurde so langsam unruhig.

Sie wollte wissen, was ich denn so lange mit den Schminksachen mache.

Leise Mama ganz leise sein, dann zeige ich dir was ich damit gemacht habe. Sie war sehr gespannt und hatte ja keine Ahnung. Hand in Hand gingen wir beide auf leisen Sohlen zu Papa an das Bett.

Sie traute ihren Augen nicht und wollte loslachen. Schnell schüttelte ich den Kopf, nahm sie an die Hand und brachte sie ruck zuck raus aus dem Schlafzimmer.

Wir rannten die Treppe runter und unten in der Küche haben wir uns die Bäuche vor Lachen gehalten. Selber schuld... wenn man so lange schlafen möchte! Wir warteten auf den Moment, wenn er nichts ahnend aufsteht und wie immer ins Badezimmer schlendert.

Es dauerte.... Plötzlich hörten wir ihn und gingen halb die Treppe hinauf, um ihn zu beobachten. Im Badezimmer hing ein Alibertschrank, wo er sich gleich drin sehen müsste! Und richtig... Er sah sich und schrie! Oh nein, wer war das denn und wann?

Mama antworte nur, deiner Tochter war langweilig. Was du wusstest davon? Ja, Kerstin hat mir stolz ihr Werk gezeigt.

Ist doch ganz hübsch geworden, findest du nicht? Keine Antwort kam mehr von ihm. Damit hat er nicht gerechnet.

Aber es war total lustig für mich. Hihi....Auch nach dem Duschen hatte er immer noch Überbleibsel von dem knallroten Lippenstift im Gesicht. Das fand er gar nicht so gut.

20.Kapitel

Ein langes Streitthema bei uns zu Hause,
als ich noch ein Kind war, ist die freiwillige Feuerwehr gewesen. Mein Papa war dort Stellvertreter der
Wehrführung. Für ihn eine wichtige Aufgabe dort. Wir
als Familie haben es natürlich ganz anders gesehen.
Gerade ich als seine kleine Tochter. Im August habe
ich Geburtstag. Meistens war das Wetter gut und wir
konnten draußen feiern. Die Freude war immer groß,
wenn mein Papa endlich Feierabend hatte und nach
Hause kam. Er machte jedesmal lustige Spiele mit
uns. Zum Beispiel Schaumkuss Wettessen. Er hat
immer geschummelt und gewonnen. Aber ich hab ihn
nie verraten. Immer wenn es gerade am lustigsten
war oder er für uns Grillen wollte, ging die Sirene los
und er sprang wie wild in seinen Feuerwehranzug
und fuhr brausend mit dem Auto davon.
Die Sirene machte mir Angst, sie war so laut und
wenn sie losheulte ist ja auch etwas passiert. Mal
dauerte es nicht lange bis Papa wieder kam und wir
konnten weiter feiern mit ihm. Wenn aber etwas
größeres passierte könnte es Stunden dauern. Meistens war ich schon im Bett wenn er endlich wieder
kam.So und nicht anders,
war es jedesmal an meinem Geburtstag.
Es gab nur wenige Ausnahmen.
Nicht nur an meinem Geburtstag heulte die Sirene
los.

Dann wenn etwas passierte. Alle Feuerwehrmänner mussten dann schnell zur Wache fahren und dann zum Einsatzort...

Weihnachten und Silvester musste er auch immer weg, wenn die Sirene ertönte. Als ich noch klein war habe ich geweint und mir die Ohren zu gehalten. Mama hat mich dann schnell in den Arm genommen und mich getröstet. Als ich größer war, kriegte jeder Feuerwehrmann einen Pieper!

Der piepte dann immer ganz laut los, wenn Papa zum Einsatzort musste.

Und man konnte auch an dem Ding lesen wo was los gewesen ist und was.

Das war dann spannend wenn der Pieper piepte. Papa lief dann schneller in die Garage und sprang in die Klamotten und Mama holte den Pieper und sagte ihm dann was los ist.

Für mich war es nun viel angenehmer. Endlich keine laute Sirene mehr!

Wenn Tanja und ich gerade spielten und der Pieper los ging, waren wir immer total neugierig. Manchmal sind wir dann der Feuerwehr nachgefahren mit dem Fahrrad. Damals war schon immer viel in Kirchdorf Süd zu tun für die Feuerwehr. Dort hat es sehr oft gebrannt. Zu Weihnachten die Kränze und Tannenbäume die dann lichterloh brannten.

Es hat auch mehrfach Essen im Topf gebrannt und so weiter.

Am Wochenende war mein Papa auch immer bei der Feuerwehr. Samstag war Gerätetag. Alles wurde aus den Einsatzfahrzeugen heraus geholt und sauber gemacht und überprüft.

Da durfte ich auch oft mitkommen und zugucken. Meistens war ich aber im Feuerwehrhaus und spielte mit anderen Kindern die auch mit ihren Vätern mit waren.Wenn alles fertig war und sorgfältig wieder verstaut war trafen sich alle Feuerwehrkollegen auf ein Bierchen im Feuerwehrhaus.

Danach sind wir auch meistens wieder nach Hause zu Mama gefahren.

Sonntags ist immer Frühschoppen beider Feuerwehr. Da bin ich auch oft mit Papa mit gekommen. Meine Mama sagte immer zu mir: passe bitte auf, dass Papa nicht so viel Bier trinkt! Er soll bitte nicht mehr als drei trinken. Tja, schwierige Sache. Als wir dann im Feuerwehrhaus saßen, ich bekam dann eine Fanta zu trinken und Papa nahm sich ein Bierchen.

Die Männer klönten lustig und ich durfte an der Tafel malen. Das mochte ich zu gerne. Während ich malte musste ich ja aufpassen und zählen, wie viel Bier Papa schon hatte.

Und um eins sollen wir zum Mittagessen zu Hause sein. Meistens hatte ich alles gut im Griff. Papa hatte sein drittes Bier es war kurz vor eins. Natürlich sagte ich ihm bescheid, Papa gleich müssen wir los nach Hause. Ja klar machen wir gleich. Ich verließ mich darauf. Schwupp hatte er doch ein viertes Bier und sabbelte tüchtig weiter.

Ein Kollege kam dazu und gab einen aus...! Ja und nun? Nichts Kerstin, wir gehen doch gleich! Papa wir

kommen jetzt zu spät. Ach das bisschen, ist nicht schlimm.
Endlich kam er dann und dann aber hop nach Hause zu Mama. Die war sauer! Essen fast kalt, Mann mit mächtiger Bierfahne... Warum kommt ihr denn so spät? Das kann Kerstin dir erklären murmelte Papa. Tja, dass tat ich dann auch. Dann fragte sie noch wieviel Bier er getrunken hat.
Ich haute mein Papa nicht in die Pfanne und sagte drei Stück.

Es kam auch vor das der Pieper ging, wenn ich mit ihm zum Frühschoppen am Sonntag bei der Feuerwehr war.
Das war aufregend, so konnte ich alles beobachten. Nach und nach trafen die Kollegen ein und liefen hektisch in die Feuerwehrautos. Wenn der erste Wagen voll war ist er sofort los gefahren. So ging es ruck zuck bis alle Autos aus der Remise waren. Die Feuerwehrleute die nicht mehr zu den Einsätzen fuhren blieben im Haus.
Ich hoffte nicht zu lange warten.
Wenn das der Fall war bin ich allein nach Hause gefahren mit dem Fahrrad.
Wenn der Einsatz nicht so lange gedauert hat und ich noch im Feuerwehrhaus war, durfte ich mithelfen zum Beispiel die Schläuche ordentlich aufzurollen oder verschiedene Geräte zu reinigen.

Hierbei hatte ich meistens viel Spaß. Böse wurde ich nur, wenn mich manche Feuerwehrmänner geärgert haben. Das mochte ich überhaupt nicht haben.

Einer spielte immer Hund hinter mir, bellte und biss mir so zu sagen mit der Hand in die Wade. Jedesmal habe ich mich so erschrocken. Er fand es lustig, aber ich habe ihn nur angeschrieen: lasse das bitte einfach nach... du nervst! Nein er machte es immer wieder... dem ist einfach nicht zu helfen dachte ich, dann ist es eben so! Hauptsache ich konnte Zeit mit meinem Papa verbringen.

Als ich Kind war habe ich mir schon vorgenommen: wenn ich groß bin möchte ich auf gar keinen Fall ein Feuerwehrmann als Freund oder Mann haben. Der hat eh nicht genug Zeit für mich. Leider ist es ja so.

Jörg kriegte ja einiges mit, als wir eine Weile schon zusammen waren. Er hat gleich gesagt: keine Angst, dass ist nicht meine Welt. Sehr schön, genau das wollte ich hören. Nicht das es falsch verstanden wird, grundsätzlich habe ich überhaupt nichts gegen die Feuerwehr. Ich fand es nur als Kind traurig, dass mein Papa so viel Zeit dort verbracht hat. Durch sein Amt hatte er noch mehr zu arbeiten. (Stellvertreter der Wehrführung) Hier eine Schulung…

Da ein wichtiges Treffen….!

Nicht zu vergessen die Wettkämpfe, die stattfanden im Sommer mit anderen Wehren. Das war natürlich auch lustig und ich habe die auch immer tüchtig angefeuert. Ziel war, dass sie gewinnen. Haben sie oft!

Es geht alles auf Zeit, was erledigt werden muss.
Wenn da eine Kupplung, nicht sorgfältig angebracht
ist oder einer fällt hin beim Laufen, gibt es Punk-
tabzug.
Solche blöden Flüchtigkeitsfehler wurden leider viel
gemacht. Die meisten waren glaube ich nicht richtig
bei der Sache oder haben zu wenig geübt. Irgendetwas war immer.
Egal hinter her wurde sowieso alles im Bier ertränkt.
Einen Grund hatte man immer zum Trinken: Sieg...
oder Niederlage...!
Das war ein Teil den ich schrecklich fand. Mama und
wollten dann irgendwann mal nach Hause, aber
Papa hatte noch gar keine Lust zu gehen. Somit war
meine Mama verärgert und ging mit mir alleine nach
Hause. Ich hab mir nur gedacht, soll er doch lange
weg bleiben. Morgen früh kommt er dann wieder
nicht aus dem Bett. Aber ich wusste ja dann was ich
zu tun hatte...! Ich habe ihn wieder geschminkt und
eine komische Frisur verpasst. Selber Schuld…haha

Wer nicht hören will muss fühlen. Wurde auch oft zu
mir gesagt.
Später kam dann noch einmal im Jahr bei der
Feuerwehr der Tag der offenen Tür dazu.
Noch mehr Arbeit. Alles musste organisiert werden.

Unmengen müssen eingekauft werden... Getränke, Becher, Wurst, Fleisch, Holzkohle, Pommes und vieles mehr.

Ein Kühlwagen wurde gemietet für die Massen. Sogar einen Toilettenwagen haben die selber gebaut, aus einem Bauwagen. Also ein großes Event mit viel Arbeit.

Die Frauen haben alle Kuchen gebacken und selber verkauft.

Da hat meine Mutter auch mit gemacht. Papa hat oft gegrillt und verkauft bis 24:00 Uhr.

Als der Kuchen verkauft war, was sehr schnell ging ist meine Mama in einen Bierwagen gestiegen und hat dort Bier gezapft und andere Getränke verkauft. Auch bis in die Nacht.

Dann musste die Straße wieder frei geräumt werden.

Das Fest ist immer an einem Samstag! Die Tage vorher nur am aufbauen und die Tage danach alles wieder aufräumen. Papa war stets dabei.

Heute ist mein Papa ehrenamtlich bei der Feuerwehr, weil er zu alt ist. Trotzdem helfen meine Eltern jedes Jahr noch kräftig mit bei dem Fest. Nun haben sie endlich gemeinsam Spaß daran.

Beide werden dieses Jahr einundsiebzig Jahre und sind die besten Eltern und Oma und Opa.

Der komplette Familien Wahnsinn...!

21.Kapitel

Nun berichte ich über den " bekloppten Sport" natürlich nur aus meiner Sicht! Es handelt sich um den Handball.
Als Jörg und ich zusammen kamen, war er neunzehn Jahre und ich sechzehn Jahre jung.
Er spielte damals aktiv Handball.
Das schlimme war, drei mal in der Woche Training und am Wochenende dann die Punktspiele.
Wo ist denn da bitte die Freizeit???
Aber wenn man frisch verliebt ist, sieht man einfach locker darüber hinweg.
Ahnung hatte ich überhaupt keine vom Handball. Wenn ich ehrlich bin heute auch nicht.
Aber mir war wichtig, die Zeit mit Jörg zu verbringen die wir gemeinsam zur Verfügung hatten.
Da war es wurscht wo wir waren. So gerne habe ich ihn angehimmelt.
Er stand im Tor! Jedesmal hatte ich große Angst, dass er verletzt wird von den harten Würfen. Wenn ich gesehen habe, einer zielt auf den Kopf oder in den Unterleib, wurde ich ziemlich aggressiv.
Sofort habe ich mit den anderen auf der Zuschauerbank laut Buh gerufen! Richtig böse hat mich so etwas gemacht. Für mich war das schon kein Sport mehr, sondern niedermetzeln. Aber was soll es...!
Handball ist für Jörg immer ein großes Thema gewesen.

Durch seinen Onkel ist er früher zu dem Sport gekommen. Er hat Jörg oftmals mitgenommen, somit war die Lust zum selber spielen früh geweckt worden.

Mit sechs hat er angefangen in einer Mannschaft zu spielen. Mit den Jahren wurde er immer besser.

Dann kam ich dazwischen.

Bin ja auch lieb mit gegangen und habe krampfhaft versucht mich für den Sport zu interessieren, aber die Regeln wollten einfach nicht in meinem Kopf bleiben. Das ist bei mir leider so. Wenn mich etwas nicht interessiert... rauscht es so an mir vorbei.

Ich wollte Jörg auch nicht enttäuschen. Konnte ihm doch nicht so einfach sagen, wie bekloppt ich es dort in der Halle für mich war! Die Lösung für mich war, ich nehme mein Strickzeug mit. Super Idee... während Jörg im Tor stand, strickte ich wie eine Blöde. Die Pullis wurden sehr schnell fertig. Das gute! Ich war so schön abgelenkt und brauchte mich nicht so auf das Spiel zu konzentrieren. Hatte ja eh keine Ahnung! War nur froh wenn es vorbei war. Die anderen Handballfrauen die neben mir saßen, spielten fast alle selber und hatten somit einen ganz fachmännischen Eigenblick. War mir egal, ich hab immer nur lächelnd genickt! Die Punktspiele am Wochenende waren am schlimmsten.

Nicht ausschlafen, morgens um 8:30 Uhr treffen und dann in die Halle. Schwups, saß ich wieder auf der furchtbar harten Bank.

Nicht gefrühstückt, aber eine Banane in der Tasche und lecker Mineralwasser. Wichtig, mein Strickzeug war dabei und der Vormittag bekam so einen Sinn.

Bis in den Osten sind wir am Wochenende gefahren zu den Spielen. Ich war fassungslos, so hatte ich mir das nicht vorgestellt. Macht ja nichts!

Jörg hatte seine Kfz Lehre erfolgreich beendet. Er wollte aber nicht in dem Betrieb weiter arbeiten, weil ihm etwas anderes durch den Kopf ging.

Er hat sich entschlossen eine weitere Ausbildung im Einzelhandel zu erlernen.

Guter Plan fand ich. Ich hatte es auch satt nach den Spielen mit ihm ins Krankenhaus zu fahren, um ihn wieder zusammen flicken zu lassen.

Fingerbrüche, Bänder Dehnungen und verschiedene Prellungen.

Die Schmerzen waren ziemlich heftig. Mit der Ausbildung zum Einzelhandelskaufmann, fehlte ihm die Zeit zum Training zu gehen, durch die langen Arbeitszeiten.

Nach einigen Wochen hatte Jörg den Entschluss gefasst mit dem Handball zu pausieren. Am Wochenende konnte er auch nur Sonntags zu den Spielen, weil er meistens Samstag arbeiten musste. Es wurde einfach alles zu viel.

Man war ich froh, endlich nicht mehr in der doofen Halle hocken...jippy!

Nun konnten wir die Zeit die wir hatten so nutzen, wie wir es wollten und das war sehr schön. Wir wuchsen immer ein bisschen mehr zusammen bis wir beschlossen unser Leben gemeinsam zu verbringen. Das war ein total spannender Gedanke. Die Ungewissheit, meint er es genauso ernst wie ich? Fühlt er genauso wie ich? So viele Fragen standen im Raum. Schaffen wir das alles was wir uns vorgenommen haben?

Hierzu kann ich nur sagen: wir haben stets unsere Gedanken und Zweifel ausgetauscht. Nur das hat uns weiter gebracht. So wurde unsere Liebe stärker und stärker.

Wir teilten mein kleines Zimmer im Keller.

Wir brauchten nicht viel.

Nur uns! Meine Eltern waren damit einverstanden. Jeder hat seine Arbeit und nur wenig Freizeit.

So konnten wir wenigstens zusammen einschlafen und auch wieder aufwachen.

Für alles waren wir dankbar.

Anfangs hat Jörg natürlich sein Handball vermisst. Aber als er merkte, es gibt auch noch viele andere schöne Dinge im Leben zu erforschen, war ihm der Handball nicht mehr so wichtig.

Im Leben kommen ja auch immer neue Abschnitte, dieses war zum Beispiel einer. So haben wir es auch gesehen.

Zwischendurch haben wir beide Tennis gespielt. So hatten wir etwas wo wir zusammen Spaß hatten. Ich fand die Lösung sportlich lustig. Wenn wir unser Match beendet hatten und duschen gegangen sind, trafen wir uns an der Bar und haben genüsslich ein Alsterwasser getrunken und gebrabbelt. Außerdem sind wir auch sehr viel spazieren gegangen und Fahrrad gefahren. Musik spielte immer eine große Rolle, haben sehr viel verschiedenes gehört und uns ausgetauscht.

Wir hatten eine Dorfdisco bei uns in der Nähe, das Penny Lane. Hier haben wir uns auch kennengelernt. Jörg stand immer schüchtern am Pfeiler und hat mich angelächelt. Ich dachte nur, was will der denn von mir? Der kann mich mal…!

Mehr und mehr kamen wir ins Gespräch bis wir einfach zusammen blieben.

Bis die Disco eines Tages lichterloh brannte, waren wir regelmäßig dort und hatten viel Spaß. Noch heute trauern wir, dass sie nicht mehr da ist. Nun stehen Wohnhäuser auf dem Gelände.

Später kam heraus es war Brandstiftung! Wer das wohl war? Wir wissendes nicht. Aber viele Menschen wären auch heute noch sehr böse auf den jenigen. Ändern können wir daran leider nichts. Fakt ist unsere Kinder hätten sich auch gefreut, wenn das Penny Lane noch da wäre. Ach so, unsere Jungs haben auch beide Handball gespielt. Ich habe sie brav zum Training gebracht und am Wochenende haben wir sie auch zu den Punktspielen begleitet und angefeuert. Schreckliche Zeit war es für mich.

Aber ich habe es tapfer für die Kinder durchgehalten. Jörg hat jedes Spiel mit gelebt...hauptsächlich im Tor! Schon war ich wieder mittendrin im "Bekloppten Sport "

Auch das haben wir geschafft. Einige Freunde von Finn spielen noch heute. Er begleitet sie nun in der Halle und feuert sie an. So geht es immer weiter...!
Finn selber kann nicht mehr spielen.
Seine Kniescheiben springen oft beim
Laufen heraus.
Vielleicht könnte er fünf Minuten auf dem Spielfeld bleiben, bis seine Kniescheibe sich selbstständig macht.
Danach hat er sechs Wochen Schmerzen und muss eine Beinschiene tragen.
Furchtbar für ihn. Er hätte aber auch nicht die Zeit in der Woche zum Training zu gehen, weil er immer lange arbeitet. Zwischen 18:00 -18:30 Uhr ist er erst zu Hause. Dann ist Finn auch kaputt. Meistens geht er nach dem Essen in sein Kuschelbett.
Laynes hat mit dem Handball gar nichts mehr am Hut.

22. Kapitel

Finn zum Beispiel hat ein ganz anderes Hobby für sich gefunden.

Es geht in die medizinische Richtung. In der Schule bei ihm wurden Sanitäter Kurse angeboten. Sofort war er interessiert und machte den ersten Kurs mit.

So ging es dann weiter. Er belegte einen Kurs nach dem anderen. Schließlich ist er Sanitäter in der Schule geworden. Das heißt, wenn ein Schüler oder Schülerin sich während des Unterrichts etwas getan hat, oder einfach nur umgefallen ist,

wurde er gerufen.

Einige schlimme Fälle hatte er auch dabei.

Beim Sport so heftig auf den Kopf gefallen und eine große Platzwunde musste versorgt werden und meistens dann auch zur Vorsicht ein Rettungswagen hinzu bestellt. Das musste Finn dann alles Vorort machen. Finn hat eine beruhigende Art und Weise damit umzugehen.

Die Schüler die er so behandelt hat, merkten dieses auch gleich und blieben ruhig und hörten zu was Finn erklärte. Die Lehrer waren stark beeindruckt von seiner Art. Mensch Finn wo nimmst du die Ruhe in diesem Stress her? Er antwortete nur, es nützt doch nichts, wenn ich jetzt auch noch ausflippe. Damit ist hier keinem geholfen. Auf dem Schulweg hat Finn auch mehreren Menschen geholfen. Egal wo Finn ist, er beobachtet die Leute und bekommt recht schnell mit, wenn irgendwas nicht stimmt und handelt sofort dementsprechend. Eine junge Frau zum Beispiel ging vor ihm über die Straße und knickte heftig um und ging vor Schmerzen gleich zu Boden.

Finn kümmerte sich um die Frau und versuchte ihr vorsichtig hoch zu helfen, doch es ging nicht.

Er rief ihr einen Rettungswagen und blieb so lange bei ihr, bis die Helfer da waren. Die Dame war unter Schock und sehr dankbar. Finn fragte sie, ob er Freund oder Freundin benachrichtigen sollte. Daran hatte sie gar nicht gedacht und freute sich und sagte: ja klar ich rufe meinen Freund an und dann muss ich mich ja auch bei meiner Arbeitsstelle krank melden. Danke Finn du bist ein echt toller Typ! Von deiner Sorte gibt es nicht viele...!

Da hat die junge Frau recht gehabt. Wer kümmert sich heute schon um andere...? Die meisten gehen weiter oder sehen erst gar nicht hin.

Am schlimmsten sind die Leute, die mit ihrem Handy Fotos machen und noch ein Film davon ins Internet stellen!

Für Finn ist es normal zu helfen.

Er hat es so weit gebracht, bis er er eine Sanitäter Ausrüstung bekam und er eigenständig zum Beispiel auf dem Hamburger Dom Sanitätsdienst ehrenamtlich geleistet hat. Dort hat er viel gelernt und mit ansehen müssen. So etwas prägt!

Als Finn mit der Ausbildung begonnen hat, fehlte ihm die Zeit. Am Wochenende ist er froh auszuschlafen. Seine Ausrüstung hat er inzwischen wieder abgeben müssen. Aber die Erlebnisse und Erfahrungen kann ihm keiner nehmen. Neben der Schule war es für ihn ein super Ausgleich.

Laynes Interessen gehen in eine ganz andere Richtung. Außer Musik, findet er alles cool was fährt.

Schon als kleines Kind hat hat er früh das Bobbycar beherrscht. Dann folgte ein Fahrzeug nach dem anderen. Nach dem Bobbycar kam gleich der kleine Holzroller, den Finn eigentlich langweilig fand und kaum gefahren hat. Laynes hat das Ding geschrubbt bis nichts mehr ging. Als er groß genug war, hat er einen Roller mit Ballonreifen bekommen... der lief dann auch schön leise!

Finn hatte ein kleines Kettcar.

Laynes wollte es unbedingt fahren aber seine Beine waren noch zu kurz. Die Pedalen waren für ihn nicht erreichbar. Das hat ihn ganz schön wütend gemacht.

Finn war so lieb und hat ihn dann oft durch den Garten geschoben.

Lenken war war ja auch schon eine große Sache.

Aber er hatte sein Fahrrad, dass musste viele Kilometer bei ihm fahren.

Mit Straßenmalkreide haben sich die beiden auf dem Hof eine Rennstrecke gemalt. Stoppschild, Ampeln und Parkplätze waren inbegriffen.

Es war lustig den beiden zu zuschauen.

Die Strecke wurde richtig gelebt, jeden Tag wieder. Nur wenn es regnete, war alles weg und musste neu gemalt werden. Meine Aufgabe war es, dafür zu sorgen, dass immer genug Kreide in der Garage war. Aber gerne doch. Zwischendurch hatten wir einen kleinen Elektroroller mit Akkubetrieb. Der hat auch viel Spaß bereitet...hing aber auch meisten an der Steckdose,weil er leer war. Aber der fuhr ganz schön schnell.

Leider durfte man damit nur auf dem Grundstück fahren. Für eine Slalomstrecke war er optimal. Hierbei wurde natürlich auch die Zeit gestoppt.

Als Laynes dann endlich groß genug für das

Kettcar war, hatte man den Eindruck er sei darauf festgewachsen.

Er fuhr und fuhr stundenlang... parkte dabei genau in seinen aufgemalten Parkflächen und war sehr stolz, wenn er perfekt drin stand.

Er rief dann: Mama guck mal bitte wie ich geparkt habe! Genau wie Papa mit dem Auto! Ja es stimmte, musste seine Strecke sehr genau fahren, dann war er zufrieden.

Vorher wurde auch nicht aufgehört

Busse fand er auch klasse.

Das muss cool sein so ein Bus zufahren. Tanjas Papa ist Busfahrer und als er hörte wie begeistert die Kinder von den Bussen sind hat er mal Finn und Laynes mit in einen Bus genommen und sie durften auf dem Hof selber lenken und Gas geben.

Das war super toll für die beiden.

Jörg kannte einen, der die HVV Busse in Harburg auf dem Bushof repariert und kam mit dem so ins Gespräch. Er erzählte ihm wie groß das Interesse der beiden war und der sagte: wenn ihr Samstag um 14:00 Uhr Zeit habt könnt ihr mal bei mir vorbei schauen. Dann können sie mal einen Linienbus auf dem Hof fahren.

Als Papa das erzählte, fielen bei den beiden die Kinnlade herunter! Wirklich Papa kein Scherz? Nein nein ernst gemeint, wenn ihr wollt machen wir es am Samstag. Ja klar, Mama muss auch mitkommen! Wir alle zusammen!

So haben wir es dann auch gemacht. Es war richtig aufregend!

Die Kinder durften alleine fahren und waren total begeistert wie leicht so ein großer Bus fährt.

Die Kurven waren auch kein Problem und Jörg und ich waren die Fahrgäste.

Wir sind ganz schön schnell über den Hof geprescht und wir mussten uns gut festhalten. Aber es war ein tolles Erlebnis für uns alle.

Laynes war elf Jahre alt und er wollte unbedingt ein Riesenkettcar haben.

Wir besprachen das in Ruhe und haben ihn ein knallrotes aus Holland bestellt. Eine Woche dauerte es, bis es endlich geliefert wurde und dann musste es auch noch zusammen gebaut werden.

Aber dann war er nicht mehr zu halten! Das Kettcar hatte sogar hinten einen zweiten Sitz, so dass er einen Fahrgast mitnehmen konnte. Große Touren hat

er damit gefahren. Hat sich Spiegel und Licht ange-
baut!

Nach einiger Zeit ist das Ding durchgebrochen.

Wir bauten es auseinander und Jörg besorgte ein
stabileres Teil und baute es mit mir abends in der
Garage zusammen.

Dann hat es gehalten und mit vierzehn hat er es
verkauft. Aber nur,

weil er den Platz in der Garage brauchte!

Er war dabei seinen Mofa Führerschein zu machen
und wollte sich dann einen Roller kaufen.

Mit fünfzehn hatte er dann seinen Roller. Auch in rot
und nagelneu! Ein großes Fahrzeug fand ich.

Wir waren natürlich beim Kauf dabei und ein nor-
maler Roller war für ihn viel zu klein. Wo sollte er
seine langen Beine lassen? Also musste er den
großen nehmen! Er passte sehr gut zu ihm und er
war überglücklich.

Zur Schule ist er damit gefahren und überallhin so
lange Benzin im Tank ist. In einem Jahr hat er ca.
7500 Kilometer mit dem Teil hingelegt!

Nicht zu vergessen, mit sechzehn hatte er dann den
50 Kubik Führerschein gemacht und durfte nun
schneller im Straßenverkehr fahren. (von 30 km/h
auf 45 km/h) sooooo ungefähr!

Dann hatte er die Idee den Roller zu verkaufen und
sich ein Quad zu kaufen!

Wir konnten es ihm nicht ausreden.

Außerdem wussten wir, wenn er fährt, egal wohin bekommt er den Kopf frei.

Also ist Jörg mit ihm los und wenig später hatten wir ein wunderschönes knallblaues Quad auf dem Hof.

Ist schon lustig das Ding!

Das möchte er nun behalten. Er hat hinten und vorne Koffer drauf.

So kann er Gepäck verstauen. Vorne hat er 40 Liter Platz und hinten 80 Liter!

Tja nun ist er süße siebzehn und macht den Auto Führerschein!

Finn hat sich mit fünfzehn auch ein Roller gekauft (Mofa) aber hat bis heute nicht so viele Kilometer gefahren.

Obwohl er auch täglich zur Schule gefahren ist.

Mit 18 Jahren hat er den Roller dann öffnen lassen auf 50 Kubik, weil er mit dem Auto Führerschein die Erlaubnis bekam.

Finn möchte auch sein Roller nicht hergeben! Der ist klein und süß und heißt Ludi!

23. Kapitel

Meine Mama darf in meinem Buch nicht fehlen! Für uns ist sie die beste Mama und Oma.

Es waren natürlich nicht immer nur gute Zeiten, ist ja auch ganz normal im Laufe des Lebens.

Als ich noch klein war ca. drei Jahre ging ich an unserer Kreuzkirche zur Spielstunde im alten Pastorat.

Von neuen bis zwölf ging die glaube ich. Ist ja auch egal. Meine Mutter arbeitete damals beim Optiker in Wilhelmsburg. Sie hatte somit keine Zeit mich abzuholen. Wilma meine biologische Oma, hatte ihr Milchgeschäft bei uns im Keller und konnte mich auch nicht abholen.

Macht nichts, ich bin einfach alleine gegangen.

Wahnsinn mit drei Jahren... oder? Für mich war es ganz normal.

Der Sohn von der Tankstelle wo ich vorbei musste war auch in meiner Gruppe. Manchmal gingen wir zusammen.

Es kam auch vor, dass ich noch keine Lust hatte nach Hause zu gehen, weil ich wusste, ist sowieso keiner da, der Zeit für mich hat.

Da bin ich dann einfach bei meinem kleinen Freund in der Tankstelle geblieben. Dort hatten wir immer eine menge Spaß!

Er hatte ein Schaukelpferd mitten im Laden stehen. Dazu muss man wissen es war sehr eng. Macht ja nichts, Platz ist in der kleinsten Hütte.

Draußen roch es so gut nach Benzin. Die Tankstelle war für mich ein großer Platz mit viel Abenteuer.

Verstecken spielen ging dort wunderbar, wir haben uns nie gefunden. Unmöglich eigentlich, aber wir kriegten es nicht hin und probierten es immer wieder. Wenn meine Mutter dann nach Hause kam suchte sie mich. Fragte unten im Laden nach, weil sie dachte ich warte dort auf sie.

Nö nö... viel zu langweilig! Irgendwann fiel ihr dann ein zur Tankstelle zu gehen, um zu gucken ob ich dort war. Haha... hallo Mama schön das du mich abholst!

Erst war sie ziemlich sauer auf mich, weil sie einen Schreck bekommen hat, als ich nicht zu Hause war. Aber dann hat sie mich in den Arm genommen und hat gesagt: nächstes mal gehst du bitte nach Hause! Gut okay mache ich, wenn es unbedingt sein muss.

Ich war immer traurig, wenn Mama arbeiten war. Fühlte mich fehl am Platz, überflüssig! Außerdem wusste ich genau, dass wir nicht viel Geld hatten und da hab ich oft gedacht, wenn ich nicht da wäre hätten die beiden mehr für sich. Aber wo sollte ich denn hin?

Somit wurde ich schnell selbstständig. Als ich fünf Jahre war, bin ich in die erste Klasse gekommen.

Dort bin ich auch alleine hin und wieder zurück gelaufen. Früher war das wohl normal so...! Keine Ahnung!

Schule war für mich immer schon eine Qual. Mir ging es dort nicht gut.

Bekam oft dolle Bauchweh, weil ich mit dieser Ungerechtigkeit von der ollen Lehrerin nicht zu recht kam. Ich konnte mich auf den Kopf stellen, eine gute Note war für mich nicht übrig!

Meine Freundin hatte alles genauso wie ich gemacht und hat eine Eins und ein rotes Sternchen bekommen! Das war das Beste was man kriegen konnte. Kerstin, also ich bekam eine zwei und kein Sternchen. Warum hat sie das gemacht? Nicht nur mit mir! Sie hatte ihre Lieblinge in der Klasse, so acht Schüler. Wer nicht dabei war so wie ich, hatte verloren.

Das hat mir richtig übel auf den Magen geschlagen. Deshalb war Schule doof!

Meine Eltern sagten nicht viel dazu... außer ach Maus , dass schaffst du schon! Ja aber wie?

Die Eltern hätten sich zusammen gegen diese ungerechte Kuh wehren müssen. Hat man es zu der Zeit nicht so gemacht? Wahrscheinlich...!

Dritte und vierte Klasse bekam ich dann eine liebe Lehrerin.

Nur die hatte so viele private Probleme, dass der Unterricht zu kurz kam, weil sie nur rumgeschrien und geweint hat.

Mitten im Unterricht bin ich dann zu ihr hingelaufen und habe sie in den Arm genommen. Kann ich Ihnen helfen? Was ist den bloß los?

Sie sagte nur: du bist ja lieb Dankeschön für deine Hilfe! Übrigens ich heiße Gabi... ihr dürft mich alle Gabi nennen!

Das fanden wir alle toll von ihr.

Trotzdem kriegte ich immer noch die bösen Bauchweh Attacken. Warum... keine Ahnung?

Gabi hat mich dann immer mit ihrem kleinen Minicooper schnell nach Hause gefahren. Total cool war das! Zuhause hat Mama mich mit Wärmflasche auf dem Bauch ins Bett verfrachtet.

Aber immer wenn ich zuhause war ging es mir schnell wieder gut. Mein Bauch wollte wohl auch nicht in der Schule sein! Als ich neun war kam mein Brüderchen Volkmar zur Welt.

Das war toll, endlich nicht mehr allein.

Ich durfte ihn füttern, Baden und alles was man mit einem Baby macht. Mama hat mir alles beigebracht.

Mit Puppen habe ich nie gespielt, denen habe ich nur die Haare geschnitten.

Aber Volkmar war wie eine Babypuppe.

Tanja hatte auch einen kleinen Bruder bekommen. Das war praktisch, dass wir beide einen Bruder hatten so gab es weniger Streit.

Ihr Bruder ist elf Monate älter als meiner! Ich habe die Zeit sehr genossen, mit Mama zusammen Volkmar zu versorgen und nebenbei den Haushalt zu machen.

Gekocht haben wir auch zusammen. Alles was ich heute kann habe ich von ihr gelernt. Mit zwölf konnte ich für die Familie Mittagessen kochen und Kuchen backen und so weiter.

In der Zwischenzeit arbeitete meine Mutter beim Bäcker ein paar Häuser weiter von uns. Jeden Freitag und Samstag! Papa hat mir beim Frühstück morgens geholfen. Wir drei waren ein lustiges Gespann. Ich glaube Mama wäre gerne Mäuschen Samstag morgen gewesen, um zu sehen ob wir uns auch gut versorgen. Ja klar haben wir das!

Sie hat mir doch alles genau gezeigt. Nach dem Frühstück habe ich jeden Samstag das Badezimmer sauber gemacht.

Putzen ist nicht so meine Lieblingsbeschäftigung. Aber einer muss es ja machen. Volkmar und ich hatten ein Zimmer zusammen. Erst fand ich es super, aber dann merkte ich wie anstrengend es ist ein Baby nachts zu versorgen.

Er wurde wach und weinte! Hey du... warum weinst du denn so? Hast du Hunger? Oder die Windel voll? Ich schnappte den kleinen Kerl und ging zu Mama herunter. Hallo...! Volkmar weint ganz doll! Muss er eine Flasche haben? Ja genau... komm wir gehen leise in die Küche und machen ihm eine.

Volkmar war ganz wild als er die Milchflasche sah, ich konnte ihm kaum halten. Dann endlich war sie trinkfertig und ich hundemüde. Um halb sieben klingelte mein Wecker! Oh nein bitte nicht schon aufstehen, möchte noch weiter schlafen...! Es nützt nichts, ich musste ja in die Schule. Grrrrr...

So ging es viele Nächte. Mama wollte manchmal nicht wach werden. So bin ich allein mit Volkmar in die Küche gegangen, legte ihn auf den Fußboden, damit er nirgendwo herunter fällt und machte ihm eine Flasche. Danach habe ich mich mit ihm in mein Bett gesetzt und ihn gefüttert. Wenn die Flasche alle war Bäuerchen machen und eine frische Windel anziehen. Danach war er komplett wach und ich nur noch müde.

Habe ihn dann mit in mein Bett genommen, noch Schlaflieder gesungen und weiter geschlafen bis der Wecker klingelte. Es war der Graus!

Mit zwölf bekam ich ein eigenes Zimmer im Keller Hurra...! So konnte es auch nicht weitergehen. Es war purer Luxus mal eine Nacht durch zu schlafen für mich.

Es war für mich die erste Zeit sehr ungewohnt alleine im Keller zu schlafen. Viele neue Geräusche an die man sich gewöhnen muss.

Der Nachteil war, genau über mir ist die Küche mit Fliesenboden und Volkmar hat viel auf dem Fußbo-den mit Bauklötzen gespielt! Es war viel zu laut zum Schlafen! Aber ich hatte mein eigenes Reich und musste auf keinen mehr achten und das habe ich genossen. Nicht so schön, war es keine Heizung im Zimmer zu haben. Meine Eltern haben mir einen Heizlüfter gekauft. Da habe ich sehr oft vor gesessen und mich aufgewärmt.

Im Sommer war es schön kühl in meinem Zimmer. Je älter ich wurde, desto weniger war ich zu Hause.

Meine Eltern wussten aber immer wo ich war. Mama hat stets versucht alles möglich zu machen.
Aber die Situation war eigentlich immer angespannt. Ist ja normal...erstes Kind wird " flügge "! Für Eltern und Kind ist es eine neue Erfahrung, wo man sich dran gewöhnen muss.
Im Vergleich zu anderen Kindern habe ich sehr viel zu Hause mitgeholfen.
Auch im Garten. Rasen mähen, Laub harken... was so zu machen war! Lust hatte ich überhaupt nicht dazu.
Wenn die Arbeit nicht erledigt war, durfte ich nicht weg. Also habe ich es widerwillig gemacht.
Hab es ja überlebt...!
Aber meine Mama hatte immer ein offenes Ohr für mich, dass habe ich genossen. Als ich dann mit zwanzig nach unserer Hochzeit ausgezogen bin, fand ich würde das Verhältnis zwischen uns noch viel besser. Wir haben all die Jahre immer viel zusammen unternommen oder uns oft gesehen.
Wenn wir uns nicht sehen konnten, haben wir telefoniert! Sie weiß eigentlich ausnahmslos, was bei uns so gerade los ist.

Wir versuchen uns gegenseitig zu helfen und das klappt sehr gut. Wir sind ein hervorragendes Team!

Mit meinem Papa war es anders, durch die viele Arbeit und die Feuerwehr hatte er sein Kopf voll.

Um die Familienangelegenheiten hat sich Mama gekümmert. Dadurch ist vieles an Papa vorbei gerauscht. Ist eben so! Hauptsache wir haben uns lieb!

24.Kapitel

Wieder gibt es eine größere Veränderung in unserem Familienleben!
Nachdem Jörg neun Monate als Teamleiter gearbeitet hat kamen wir zu einem Fazit.
Die Arbeit hat Jörg jeden Tag mit Freude erfüllt, aber der Druck wurde immer größer.
Schwierig ist es auch den ständigen Überblick zu behalten. Bloß nichts vergessen...!
Nachts merkte ich, dass Jörg nicht mehr richtig schläft. Er war unruhig und hat auch viel im Schlaf gesprochen.
Dieses habe ich eine Zeit lang beobachtet und dann habe ich mit ihm gesprochen.
Was denn los sei, wollte ich wissen.
Er sagte es sei alles in Ordnung und ich brauche mir keine Sorgen machen. Na ja, gut, wenn Jörg das sagt... glaube ich ihm. Besser wurde die Situation in meinen Augen aber nicht.
Wieder fing ich an mir Sorgen zu machen!
Jörg ist wirklich alles klar bei dir? Ja, bei mir ist alles klar! Hm... bilde ich mir alles bloß ein?
Hoffentlich bilde ich mir alles bloß ein... hab keine Lust auf neue Probleme!
Fünf Seminare hat Jörg besucht. War somit oft von zu Hause weg. Die ersten Seminare waren in der Nähe von Frankfurt in der Bahnakademie.

Er hat sich in der Mittagspause gemeldet und wir haben über Whats app geschrieben.

Alles nicht so schlimm.

So wusste er gleich was hier zu Hause los ist.

Abends haben wir lange miteinander telefoniert. Außerdem hat er mir Bilder von seinem Hotelzimmer geschickt, so konnte ich mir ein Bild machen wo er gerade ist. Er war zwar weg... aber doch so nah!

Jörg ist nicht gern alleine von zu Hause weg.

Kann ich gut verstehen, wäre auch nicht gern alleine unterwegs. Dann war er in Berlin und das letzte Seminar ist in Potsdam gewesen. Hier musste er viel Bier trinken...! Der arme Kerl... Aber er hatte auch viel Spaß dort und sehr wenig Schlaf.

Auf jeden Fall ist er glücklich wieder nach Hause gekommen zu uns und hatte viel lustiges zu erzählen. Es war schön ihm zu zuhören.

Dann ging sein Alltag wieder los.

Es war für mich förmlich zu spüren... bald geht hier eine Bombe hoch... Ich weiß nur noch nicht wie und weshalb und warum genau....! Oh man....! Dabei möchte ich doch nur, dass er zufrieden ist. Das Diensthandy von ihm steht eigentlich nie still. Somit hat Jörg auch nie Feierabend.

Er konnte aus meiner Sicht gar nicht mehr abschalten. Ich auch deswegen nicht mehr.

Meine Nächte wurden auch immer schlechter, dass heißt kaum geschlafen. So kann es doch nicht weiter gehen... Hört mir denn hier keiner zu?

Die Bestätigung von meinen Männern war: rege dich doch nicht auf... Ist doch alles okay!

Na gut, ich fahre mich wieder herunter. Wahrscheinlich bilde ich mir etwas ein.

Die Tage vergingen, ich merkte, dass Jörg mir fast gar nicht mehr zu hörte wenn ich ihm etwas gesagt habe. Sein Kopf gehörte nur noch der Bahn.

Das Lachen wurde immer weniger. Unser Leben war eine Funktion, wir funktionierten vor uns her. Arbeiten, einkaufen und schlafen.

Nur an Schlafen war ja nicht mehr zu denken. Die Kräfte wurden immer weniger und die Unzufriedenheit war meinerseits unheimlich groß. Hallo...! Wo ist unser lustiges Leben geblieben???

Dann kam der Tag der Tage! Jörg rief mich an und sagte, er fährt noch ins Büro zu einem wichtigen Gespräch!

Sofort bekam ich dolle Bauchweh und roch den "Braten".

Wenig später kam er nach Hause und bat mich in die Küche und ich solle mich doch bitte in Ruhe hinsetzen. Ja ja klar in Ruhe... ich doch nicht! Ich war gespannt wie ein Flitzebogen und hatte Angst!

Jörg erzählte mir in Ruhe, er wird von dem Job als Teamleiter zurück treten.

Ich habe dir zu wenig zu gehört. Du hattest mit allem Recht.

Ich wollte es nicht wahr haben, aber ich kann nicht mehr so weiter machen.

Schlimm wäre es wenn wegen des Jobs unsere Familie kaputt geht! Ich möchte auch nicht warten, bis ich eines Tages umfalle.

Das fand ich sehr vernünftig und mutig zugleich. Aber ich war auch total traurig. Es tat mir alles furchtbar leid.

Nach einer Woche war er wieder Lokführer und sofort kam sein liebes Lächeln wieder in sein Gesicht. Man merkte sehr genau der Druck ist von ihm abgefallen und er kann wieder normal Luft holen.

Sofort konnten wir auch wieder schlafen und neue Kraft tanken.

Es ist ein komisches Gefühl wieder ein Schritt zurück zu gehen. Aber der Schritt tut uns so gut, richtig gut! Nur das ist wichtig.

Wir kommen auch mit weniger Geld klar! Müssen wir ja!

Das Gerede ist natürlich groß unter den Kollegen, aber das wird auch wieder weniger. Jörg hat als Begründung persönliche Gründe angegeben. Jeder der ihn fragt bohrt natürlich nach. Da kommt er aber gut mit klar.

Schön war für Jörg auch, das viele seiner Mitarbeiter traurig sind ihn nicht mehr als Teamleiter zu haben.

Ich bin davon überzeugt, dass die Entscheidung richtig war. So schnell wie man sein Leben wieder umgestellt hat auf das Lokführer Dasein. Kann nur richtig gewesen sein. Man vermisst auch nichts. Ganz im Gegenteil, wir genießen es mehr Ruhe und Zeit für uns zu haben.

Außerdem nervt kein Diensthandy mehr Tag und Nacht.

Die Sache ist wunderbar abgehakt! Hätte ich nicht gedacht, dass es so schnell geht.

Habe gedacht es dauert jetzt wieder ein paar Wochen mindestens. Aber ich würde eines besseren belehrt, wie herrlich! Wir sind wieder wir!!!

Auch Finn und Laynes genießen es, zu sehen wie das Leben leichter wird. Als sie es erfahren haben, waren sie auch sehr traurig und besorgt. Aber nun sehen die beiden welche Last von ihrem Papa abfällt und das es ihm viel besser geht! Das ist gut so!

25. Kapitel

Mir wird immer wieder deutlich klar, das man wenig in seinem Leben planen kann. Natürlich ist es gut, wenn man weiß wo der Weg lang gehen soll.

So ungefähr wusste ich das auch immer. Nach dem ersten Kind, also nach dem Finn geboren war, war mein Plan wieder ein paar Stunden als Arzthelferin beim Kinderarzt zu arbeiten.

Leider hab ich den Zeitpunkt verpasst, weil Finn kein einfaches Kind war.

Die ersten Monate haben wir ja kaum Schlaf bekommen, weil der kleine Sternegucker ja immer wach sein wollte. Zu der Zeit habe ich mich auch nicht in der Lage gefühlt noch nebenbei zu arbeiten. Ich war einfach zu erschöpft. Zugleich aber auch so glücklich das er endlich bei uns war. Wahrscheinlich mochte ich mich gar nicht von ihm trennen.

Meine Mama hat oft zu mir gesagt: lege doch den kleinen Spatz in seinen Kinderwagen und gönne dir auch ein bisschen Ruhe so lange er schläft. Hab ich meistens nicht gemacht, weil es so ein schönes Gefühl war ihm im Arm zu haben. Ich konnte mich gar nicht satt sehen an ihm.

Er war für mich das schönste Kind! Außerdem wollte ich alles für ihn tun, damit es ihm gut geht.

Die Zeit vergeht so schnell...!

Manchmal konnte ich täglich Veränderungen an ihm feststellen und ich wollte auf keinen Fall irgendetwas verpassen.

Da Finn so früh gesprochen hat, war ja auch vieles leichter! Er konnte mir sagen wenn er Hunger oder Durst hatte. Er konnte auch sagen wenn ihm etwas weh tat. Oder einfach nur die Windel voll hatte. Das war einfach großartig!

Viele andere Eltern haben es da nicht so leicht, wenn man immer erraten muss, was fehlt dem kleinen Engel denn jetzt... oder tut ihm was weh...

In diesem Fall hatten wir ein Vorteil aus meiner Sicht. Da Finn aber so wissbegierig durch den Tag ging, war ich immer gefordert.

Selten hat er in seinem Zimmer etwas gespielt. War ihm zu langweilig! Bücher an zu schauen war viel spannender.

Aber ich hatte ihm dabei auf dem Schoß und konnte in der Zeit auch nichts anderes machen. Somit habe ich mich immer mit Finn abgesprochen. Ich habe ihm gesagt, was noch vorher gemacht werden muss, zum Beispiel Essen kochen oder Staubsaugen. Das hat sehr gut geklappt mit uns beiden. Er hat mir dann auch oft geholfen, damit ich schneller fertig werde und Zeit für ihn habe.

So vergingen unsere Tage...!

Hauptteil des Tages war immer Finn.

Die Freude war um so größer wenn Jörg nach Hause kam.

Finn musste ihm sofort erzählen, was er alles gelernt und gemacht hat den lieben Tag lang.

Das hat Jörg auch stets genossen, weil er so gar keine Zeit mehr hatte über seinen blöden Arbeitstag nach zu denken. Ich war einfach nur froh, das ich mich an ihn kuscheln konnte und die Verantwortung an ihn abgeben konnte. Es war einfach schön zu sehen wie die beiden sich unterhalten haben und sich ausführlich gegenseitig den Tag erzählten.

Wir waren ein super dreier Team zusammen! Wir haben Finn auch überall mit hin genommen. Er fand es toll!

Besonders wenn im Restaurant waren. Er hat sich immer gut benommen und hat schon ganz früh versucht mit Messer und Gabel zu essen.

Es gelang ihm sehr gut und das machte ihn stolz.

Die Kellner waren immer beeindruckt von ihm und wollten es nicht glauben, was er für sein Alter schon alles kann.

Finn brauchte genau diese Bestätigung... dann war er zufrieden.

Für uns war es ja alles normal...

Wir haben nichts anderes kennen gelernt. Beim Griechen hat Finn mit einem Jahr auf griechisch die Rechnung bestellt. Die Kellner können sich noch heute gut an ihn erinnern und freuen sich, das wir immer noch bei Ihnen Gäste sind.

Beim Chinesen war Finn auch gerne essen! Doppelt gebratenes Rindfleisch mit scharfer Soße war sein Leibgericht mit 13 Monaten.

Am nächsten morgen war sein kleiner Po ganz wund vom scharfen Essen. War ihm egal, Mama das war aber so lecker! Außerdem hast du doch schöne Heilecreme!
Ja die hatte ich, dass war die Rettung.

Ich würde es immer wieder so machen! Viele Mütter verstehen mich bis heute nicht. Ob es in der Krabbelgruppe war, oder im Kindergarten... Die Frage wurde stets gestellt: sag mal Kerstin wann gehst du denn wieder arbeiten?
Zu der Zeit war mir allerdings klar, dass ich das Mama sein nun ohne Arbeit durchziehe.
Wir haben uns alles durch gerechnet.
Mein Verdienst wäre für die Kinderbetreuungskosten komplett drauf gegangen.
Dafür brauch ich nicht arbeiten gehen.
Dann bin ich doch lieber selber für die Kinder da.
Viele andere Mütter haben es trotzdem nicht verstanden, sie meinten ich würde doch so zu Hause verdummen beim Brei kochen und Windeln wechseln.
Nein kann ich nicht von mir behaupten, dass ich hier verdummt bin. Mir hat ja meine Position sehr gefallen.
Ich war auch noch nie eine, die vor ihren Problemen weg rennt! So konnte ich immer rechtzeitig eingreifen und hatte auch den Kopf dafür frei.
Wenn ich mir vorstelle zum Beispiel bei unseren Schulproblemen, noch nebenbei einen guten Job

erledigen müsste... Das wäre sehr schwierig geworden.

Ich glaube ich hätte mich gar nicht so darum kümmern können, weil ich ja auch nicht alles so mitbekommen hätte, wie es den Kindern nach der Schule so geht. Wie kommen sie nach Hause... was für ein Gesichtsausdruck haben sie?

Ich glaube man hätte vieles so abgetan. Mensch wir haben es früher auch nicht immer leicht gehabt. Haben wir auch nicht! Aber ich möchte es mit den eigenen Kindern anders und besser machen.

So war der Haushalt schon gemacht, wenn die beiden aus der Schule kamen und es war Mittagessen gekocht. Hätte ich sonst nicht geschafft neben der Arbeit!

Dann hatte ich den Nachmittag Zeit für die Kinder.

Wie oft waren wir nach den Hausaufgaben verabredet und ich hatte auch dann die Möglichkeit die Kinder zu ihren Freunden zu bringen und auch wieder abzuholen. Alles ohne Stress!

Das haben die Jungs auch genossen!

Im Sommer waren wir oft bei meinen Eltern im Garten, weil die einen Pool hatten.

Die Jungs waren so lange im Wasser, bis sie blaue Lippen hatten und dann schnell in ein Handtuch gemuschelt werden mussten.

Nebenbei gab es dann lecker Snacks zur Kräftigung! Wir alle haben die Zeit genossen. Wie schnell ist sie vergangen...! Viel zu schnell!

Wer von den beiden müde vom Planschen war ist einfach schaukelnd auf der Hollywoodschaukel eingeschlafen. Danach wurde aber sofort weiter geplanscht!

Das sind wunderbare Erinnerungen für mich und auch für die Kinder. So etwas gebe ich doch nicht für einen Nebenjob her!

Natürlich habe ich zwischendurch auch das Verlangen nach einem eigenen Leben gehabt! Hätte gerne morgens auch meine sieben Sachen gepackt und alles hinter mir gelassen. Aber was wird dann aus den Jungs?

So hat mich die Vernunft immer wieder eingeholt! Jörg wollte auch, das ich bei den Kindern bleibe und für sie da bin.

Er hat es abends genossen, wenn ich ihm von unserem Tag erzählt habe. Oft hat er auch gesagt: oh Schatz... ich ziehe den Hut vor dir! Und tauschen möchte ich lieber nicht mit dir.

Ach warum denn nicht? Du wärst genauso wie ich in die Situation hineingewachsen. Stimmt da hast du wohl recht!

Jörg liebt seine Jungs über alles und ist der stolzeste Papa den ich kenne.

Er freut sich riesig über jede Neuigkeit und ist stets interessiert, was so in der Familie los ist, wenn er nicht da ist. Das finde ich sehr gut...!

Das machen nicht viele Väter. Die meisten sind froh, wenn sie zu Hause sind nach der Arbeit und wollen nur noch ihre Ruhe haben.

In solchen Fällen kann ich es verstehen, wenn die Frauen unzufrieden sind mit der Familiensituation.

So fühlen die Frauen sich nicht verstanden von den Männern, sondern nur als Brutkuh abgestempelt! Wer möchte das schon?

Jörg hat mir nie das Gefühl gegeben eine Brutkuh zu sein. Ganz im Gegenteil, jeden Tag haben wir uns ausgetauscht und konnten uns so in die Situation des anderen hineinversetzen und fühlten uns beide verstanden.

Wenn wir mit einer Sache unzufrieden waren, haben wir es geändert.

So einfach geht es, wenn man die Zeit dafür in Anspruch nimmt. Wir machen es jeden lieben Tag so und sind glücklich damit.

Morgen sind wir sechsundzwanzig kurze, lustige und durchgeknallte Jahre verheiratet!

Wahnsinn, wie schnell die Zeit vergeht.

Herrlich ist es, dass die Kinder groß sind und wir dadurch mehr Zeit für uns haben.

Andere haben in unserem Alter noch kleine Kinder! Darauf habe ich ehrlich gesagt jetzt keine Lust mehr zu. Ich glaube es gibt auf dieser Welt ganz wenige Mamas, die so intensiv die Kindererziehung gelebt haben wie ich.

Die Bestätigung habe ich schon von vielen Lehrern erhalten und das hat mich auch immer oben gehalten und mir den Mut gegeben weiter so zu machen.

Man weiß ja nicht ob es richtig oder falsch ist, was man macht, ich habe nur nach meinem Bauchgefühl gehandelt und überlegt, was hättest du dir früher gewünscht von deiner Mama. Diese Denkweise hat mir super geholfen und ist nicht schwer.

Manche gucken mich auch nur an und fragen dann: wie kannst du nur über zwanzig Jahre Hausmütterchen sein? Sitzt wohl den ganzen Tag vor dem Fernseher und genießt dein faules Leben!

Nein das habe ich nicht gemacht! Auch haben wir manchmal Zeit vor dem Fernseher verbracht, meistens dann, wenn wir krank waren.

Dann war es eine gute Ablenkung zwischendurch und auch mal etwas ganz anderes.

Das hat auch oft Spaß gebracht. So lernte ich die Sendungen kennen, die Finn oder Laynes gerne gesehen haben.

Alleine hätte ich die nie geguckt! Aber vieles gucke ich jetzt gerne...!

Zum Beispiel sehe ich mir auch Autosendungen mit den beiden an und lerne so auch viel dazu.

Es interessiert mich! Schließlich haben wir auch ein Auto und ich muss doch wissen, was wichtig ist zu beachten.

Wir lernen gegenseitig von einander und das macht uns allen viel Freude!

Auch meine Eltern freuen sich, wenn sie vieles von ihren Enkeln erklärt bekommen.

Beide haben inzwischen ein Smartphone... was sie nie haben wollten... braucht man ja auch überhaupt nicht!

Meine Mama macht jetzt alles mit ihrem Handy und ist super zufrieden damit. Sie hat es sehr schnell gelernt und ist total süß damit!

Plötzlich werden viele Fotos unterwegs gemacht und auch gleich verschickt...! Außerdem schreibt sie uns allen Nachrichten, sogar aus dem Urlaub. Und hat festgestellt, dass viele mit siebzig bestens mit einem Smartphone umgehen können.

Tja, so ändern sich die Zeiten. Meine Mama bleibt durch so etwas jung! Sie geht mit der Zeit und bleibt nicht stur stehen. Wir sind sehr froh darüber!

Meine Mutter fährt sogar bei Laynes auf dem Quad hinten mit! Da hat auch Opa große Augen bekommen. Die sind schon süß die beiden! Ich möchte die beiden auch nicht hergeben!

Der Sommer steht vor der Tür und das ist für uns alle herrlich! Meine Eltern kommen gerne zum Grillen bei uns vorbei.

Laynes kann wunderbar Grillen! Das hat Jörg ihm beigebracht.

Das heißt, eigentlich können beide Kinder gut grillen, nur Finn hat meistens keine Lust dazu, wenn er von der Arbeit kommt, weil er dann zu kaputt ist. Ist ja auch in Ordnung!

Diese Grillaktionen sind bei uns immer sehr spontan! Wenn die Zeit da ist und das Wetter stimmt, also nicht zu kalt und trocken ist, wird der große Holzkohlegrill aus der Garage gefahren. Natürlich muss auch das passende Grillgut im Kühlschrank zu finden sein.

Wenn wir uns dazu entscheiden, ruft einer, meistens Laynes meine Eltern an und fragt: ob sie Lust haben verrückt mit zu grillen!

In den meisten Fällen kommen die beiden Süßen dann und wir sitzen und brabbeln und lassen es uns gut gehen.

Mama und ich trinken meistens einen Sekt dazu und genießen unser Leckerlie.

Unsere Gartenmöbel sind nicht so schwer, so können wir uns immer den passenden Platz im Garten aussuchen, wo wir sitzen wollen!

Mal in der Sonne, wenn es nicht so warm ist und mal ein schönes Plätzchen unter dem Apfelbaum. Den haben wir so geschnitten,das er aussieht wie ein großer Sonnenschirm! So natürliche " Schirme" finde ich am besten.

Da steht die Luft nicht unter, wie bei einem normalen Schirm.

Wir fühlen uns wohl in unserem Garten.

Aber der Garten macht sehr viel Arbeit! Allein das Unkraut wächst in einer Hochgeschwindigkeit aus dem Boden, dass ist erschreckend! Wenn du denkst: juhu ich habe es endlich geschafft alles zu entfernen, musst du hinten wieder anfangen.

Wenn ich Unkraut ziehe, sitze ich auf einer kleinen Holzfußbank mit einem Kissen unter dem Popöchen und rutsche auf der Einfahrt Stück für Stück voran.

Meistens kann ich nach einiger Zeit nicht mehr, weil mir mein Rücken so weh tut.

Rasen mähen ist bei uns einmal in der Woche eingeplant, wenn es trocken ist. Bei den Flächen muss man mindestens eine Stunde einplanen.

Einmal im Jahr schneiden wir die Hecken mit der Heckenschere. Das steht mir auch immer bevor, weil es so viel Arbeit macht und super anstrengend ist.

Genauso auch für Jörg! Da merken wir, dass wir keine zwanzig mehr sind! Leider!

Aber wenn es dann fertig geschnitten ist, sieht es so gut aus, dass wir abends durch den Garten schlendern und den Anblick genießen.

Laynes hilft wo er kann! Wenn er Zeit hat und ich ihn frage, ob er den Rasen mähen könnte, macht er es gern.

Meistens springe ich in der Zeit dann in die Beete und ziehe das Unkraut heraus. Zwischendurch treffen wir uns zu einer lustigen Trinkpause!

Als Finn noch nicht gearbeitet hat war er auch immer spontan bereit mir irgendwie zu helfen. Das habe ich auch sehr genossen.

Mit Finn habe ich auch viel gekocht! Lecker... lecker kann ich nur dazu sagen... er hat einen sehr guten Geschmack! Auch generell bei der Hausarbeit hat Finn mir oft geholfen.

Staubsaugen oder bei der Wäsche... er war dabei!

Das war mir stets wichtig, dass die Jungs das können! Irgendwann ziehen sie von Zuhause aus und müssen auf eigenen Beinen stehen. So weiß ich... die beiden können es! Das ist ein wenig beruhigend.

Das wird bestimmt schwer, wenn einer der beiden schlauen Prinzen sein eigenes Nest baut. Aber das ist der lauf des Lebens. Da müssen wir dann durch. Dann wird wieder alles anders werden.

Gespannt sind wir ja auch, wie es mit Laynes weiter geht. Im Herbst beginnt sein Musikstudium! Hoffentlich gefällt es ihm und er schafft seinen langen Weg zum Opernsänger.

Wir wünschen es ihm alle sehr! Wenn einer es verdient hat... dann er! So viele Jahre musste er sich in den Schulen quälen. Wie gut, dass ich für ihn da sein konnte!

So konnte ich direkt handeln und mit ihm gemeinsam eine Lösung finden. Nichts ist schlimmer, finde ich, wenn jemand einfach über einen Entscheidungen trifft, die man vielleicht gar nicht möchte. So etwas gab es bei uns nie.

Nur so konnten wir Laynes bestmöglich helfen. Es hätte ihm doch nichts gebracht, wenn Jörg und ich irgendeine Lösung gefunden hätten, wo Laynes dann sagt: nein bitte alles, nur das nicht!

So haben wir es gleich mit ihm gemeinsam gemacht! Somit wusste Laynes auch, dass wir ihn sehr ernst nehmen mit seiner Meinung und nicht irgendwelchen Quatsch daher brabbeln.

Man war das alles aufreibend!

Manchmal frage ich mich, ob es in anderen Familien auch so zu geht? Ich kenne leider keine.

Viele Leute verstehen auch nicht wie wir handeln. Deshalb haben wir wohl auch nur wenig echte Freunde. Außer Tanja, sind da noch unsere Nachbarn, mit denen wir sehr gut klar kommen.

Die beiden haben keine Kinder. Sehen aus dem Grund schon vieles anders! Sind von Anfang an erstaunt über unsere Jungs gewesen und haben gleich erkannt, dass sie anders als andere sind. Aber im positiven Sinne!

So ist es ja auch…!

Wir sind eigentlich gar nicht kompliziert!

Nur ehrlich…! Aber wer ist heute noch ehrlich? Die wenigsten Menschen. Leider!

Wenn ich so etwas merke in einem Gespräch, bin ich schon auf Abstand. Was soll ich dem denn glauben und wie soll man so eine Freundschaft aufbauen?

Vielen Menschen ist es einfach egal, Hauptsache zusammen saufen und dann ist der Abend sowieso gelaufen. Das ist uns zu oberflächlich. Ich möchte schon ein vernünftiges Gespräch führen können.

Schade finde ich es, wenn die Menschen so gleichgültig sind.

Kann ich aber nichts dran ändern.

Unsere Nachbarn sind total in okay! Wir haben uns gesehen und haben direkt los gebrabbelt als würden wir uns schon ewig kennen.

Gleich auf einer Wellenlänge geschwommen. Wir sind sehr froh, so nahe Freunde zu haben. Gleich hinter dem Zaun!

So können wir wunderbar spontan sein.

Gestern zum Beispiel haben wir über Whats app geschrieben und eine Viertelstunde später saßen wir gemütlich bei einem Glas Wein zusammen.
So etwas genießen wir sehr!
Finn und Laynes waren auch dabei und es wurde viel gelacht bis Mitternacht.
Kurzen Weg zu haben ist super gut, wenn man müde wird sind wir in zwei Minuten wieder zu Hause.

26.Kapitel

Das einzige, was Jörg und mir noch Sorgen bereitet, ist die Raucherei von Laynes!
Das ist eine schlimme Sucht, die ihn gepackt hat.
Jeder oder fast jeder probiert es irgendwann mal aus. Laynes war aber immer ein großer Gegner von Rauchern. Deshalb war der Schock noch größer, als wir es von ihm erfahren haben. Tja, was soll man machen als Eltern?
Sicher, verbieten ist eine Möglichkeit... zieht aber nicht bei Laynes! Dann wird es heimlich gemacht. Belogen werden wollen wir auch nicht. Keine einfache Situation für uns. Natürlich haben wir auch mit ihm lange Gespräche geführt und versucht ihn so davon abzubringen. Erzwingen kann man nichts.
Ich bin ja auch kein Unschuldslamm. Als ich vierzehn Jahre jung war, habe ich auch angefangen zu rauchen. Mein damaliger Freund war fünf Jahre älter als ich und hat auch geraucht. Er wollte für mich aufhören, aber hat es nicht geschafft oder mich nicht ganz ernst genommen.
Ich habe irgendwann die blöde Idee gehabt, ihm ein Ultimatum zu setzen.
Wenn er bis dahin nicht aufgehört hat, wollte ich aus Trotz mit dem Rauchen anfangen.
Das habe ich dann auch! Alles andere war mir auch total egal.
Von wegen ungesund, Risiko böse zu erkranken...

Hat mich alles nicht interessiert! Ich war jung mir ging es doch gut, was soll das blöde Gesabbel?
So war meine Einstellung mit vierzehn.

Als ich dann mit Jörg zusammen gekommen bin, war der natürlich gar nicht begeistert, dass ich geraucht habe.
Erst ging mir sein Gerede auf den Senkel...aber dann musste ich zugeben, dass er recht hat. Anfangs habe ich es reduziert,
bis auf zwei Zigaretten am Tag. Jörg meinte dann: die Zwei brauchst du auch nicht mehr. Ja aber gerade die zwei wollte ich ja noch für mich!
Ich weiß es gar nicht mehr genau, wann ich dann ganz aufgehört habe.
Was ich aber noch weiß, ist das es mir plötzlich viel besser ging. Unglaublich fand ich es...! Wie soll ich das beschreiben?
Meine Sinne waren auch besser ausgeprägt. Das Essen hat mir wieder richtig lecker geschmeckt, ich konnte auch viel besser riechen. Meinem Magen ging es gut. Keine ewige Übelkeit mehr
Diese ganzen Sachen nimmt man nur wahr, wenn man aufgehört hat. Hätte mir das jemand vorher gesagt, hätte ich es nicht geglaubt. Muss es denn so ein Mist geben? Meinetwegen nicht. Ich hoffe Laynes findet es auch bald heraus, wie schön es ihm gehen kann, wenn er nicht mehr qualmt.

Erzählt habe ich ihm schon von meiner Erfahrung, aber man muss es selber wollen und dann spüren. Wir wünschen es ihm sehr.

Es ist auch viel zu teuer auf Dauer. Wer soll das bezahlen? Wir können es nicht.

Ja ja, so drehen wir uns hier im Kreis herum! Meinen es ja wirklich nur gut, weil wir ihn so lieb haben. Die Hoffnung stirbt bekanntlich zuletzt!

Wir müssen Geduldig sein. Mir fällt das total schwer. Ich bin so ein wildes Huhn, wenn ich eine gute Idee habe, muss ich gleich loslegen.

Für Jörg ist es dadurch manchmal sehr anstrengend. Aber er hat sich schon mit den Jahren daran gewöhnt und hilft mir dann bei der Umsetzung so gut er kann. Das finde ich sehr schön!

Meine letzte verrückte Aktion war, einen Violinenschlüssel auf ein Stück Holz zu bringen! Dazu suchte ich mir eine schöne Holzplatte aus der Garage und dann brauchte ich Jörgs Dremel.

Auf die Holzplatte zeichnete ich mit Bleistift ganz zart einen Violinenschlüssel und dann habe ich mit dem Dremel so ca. einen halben Millimeter abgehobelt.

An dieser Stelle, wo der Dremel das Holz weggehobelt hat, ist das Holz jetzt heller. So um die zwei Stunden war ich damit beschäftigt, dann war mein Kunstwerk fertig.

Es hat seinen Platz im Wintergarten gefunden und gefällt allen gut. Auch Laynes ist begeistert von meinem Werk! Das freut mich!

27.Kapitel

Heute ist unser 26. Hochzeitstag!
Am Vormittag war ich beim Friseur zum Haare schneiden. Aber nicht wegen unserem Tag.
Das ist zufällig so entstanden.
Passen tut es trotzdem gut. Meine Eltern sind momentan in Griechenland und machen mit ein paar Freunden dort lustig Urlaub für eine Woche.
Mein Bruder und ich kümmern uns derweil um die zahlreichen Pflanzen im Haus und im Garten.
Außerdem leeren wir den Briefkasten und so weiter…Ich habe heute schon im Garten diverse Töpfe gegossen, denn es ist sehr heiß in der Sonne.
Richtig schönes Wetter haben wir an unserem Tag… herrlich! Jörg hat noch nie den Tag vergessen, sehr vorbildlich. Ich natürlich auch nicht!
Schenken tun wir uns nichts. Das haben wir so besprochen und möchte ich auch wirklich nicht.
Immer dieser Stress, oh was kaufe ich den jetzt, was könnte ihm gefallen? Hab ich gar keine Lust zu.
Jörg auch nicht.
Für den heutigen Tag haben wir beschlossen spontan Essen zu gehen.
Wir gehen lecker zum Griechen!
Finn arbeitet noch und Laynes hat gleich Klavierunterricht in der Musikschule.
So haben wir beide ein paar Stunden für uns.

Die Zeit genießen wir total und haben bestimmt auch wieder viel zu erzählen, wie immer.

Wenn wir wieder nach Hause kommen, muss Jörg auch gleich in sein Kuschelbett, weil er morgen eine frühe Schicht fahren muss. Macht ja nichts!

Oh, es war richtig gut beim Griechen, Jörg hat Gyros mit Pommes bestellt und ich ein Hähnchenbrustfilet mit Zaziki und Pommes.

Jörg hat einen Spezi getrunken und ich ein Glas Samos Likörwein. Der Wein ist ein richtiges Leckerlie für mich. Nam nam...!

Jedes Mal wenn wir alleine ins Restaurant kommen, das heißt ohne die Jungs, fragen sie sofort ob alles okay ist und ob es allen gut geht.

Die sind wirklich sehr herzlich und lieb dort. Wir sind dort willkommen und nicht irgendeine Nummer wie im Blockhouse.

Das ist schon ein krasser Unterschied!

Als wir wieder nach Hause gekommen sind war Finn schon da und hat sich um den Hund gekümmert und dabei Fußball im Fernsehen geguckt.

Wir wollten gerade mit Spiky die Abendrunde gehen, da kam Laynes mit seinem Quad auf den Hof gefahren.

Huhu, der Klavierunterricht war super heute!

Na, dass freut uns! Jörg und ich sind dann die Abendrunde mit dem Hund gegangen. Unsere Nachbarn waren oben auf ihrem großen Balkon und wir haben kurz gewunken.

Die sind im Zeitdruck, weil sie heute in die Show von Kay Ray gehen. Muss ich morgen doch gleich einmal fragen wie es dort war.

Finn ist spontan in die Handballhalle gefahren, weil ein paar Freunde dort ein Spiel haben.

Ups, nun ist der auch schon wieder weg!

Laynes sitzt inzwischen auf dem Sofa und ruht sich aus und telefoniert mit Cecil.

Morgen treffen sie sich und haben einen lustigen Grillabend bei ihrer Chorleiterin im Garten. Laynes wird wie im letzten Jahr auch wieder grillen für den Männerchor.

Es ist dann der Abschied für Laynes. Denn ab Juli ist er raus aus dem Chor.

Er muss sich dann solistisch weiter bilden mit seinen Dozenten und Professoren.

Bin gespannt, was er später von dem Grillabend erzählt! Laynes und Cecil sind auch total gespannt, wie es wird.

Aber im letzten Jahr war alles super.

Meine Mutter und ich haben Laynes nachts von seiner Chorleiterin abgeholt.

Er war total knille, für so viele Männer Grillen ist auch anstrengend und dann noch der Alkohol...! Er war schon ziemlich angetrunken der junge Mann!

Morgen will er mit seinem Quad fahren, dann kann er nichts alkoholisches trinken.

Muss man ja auch nicht immer.

Es fährt kaum ein Auto hier auf der Straße.

Herrlich, wahrscheinlich sitzen alle vor dem Fernseher und gucken Fußball EM!
Ich mache mir da ja nichts draus.
Finde es nur anstrengend immer den Hund während der Spiele festzuhalten.
Der will immer in den Fernseher springen und den Ball fangen.
Gestern Abend habe ich eine riesige Schramme am Arm von ihm bekommen,
nur weil ich ihn halten wollte.
Leider dauert es noch ein paar Wochen!
Aber wir freuen uns schon, wenn meine Eltern am Sonntag aus Griechenland wieder kommen.
Die haben bestimmt viel schönes zu erzählen. Das finde ich immer total spannend. Hoffentlich bleibt das Wetter gut, dann können wir abends zusammen grillen und erzählen.
Die sind bestimmt knusprig braun gebrannt.
Bei Mama sieht das immer richtig gut aus.
Sie sieht eigentlich immer gut aus die Süße!
Ich hab sie dolle lieb! Mein Papa natürlich auch

Hiermit komme ich jetzt zum Ende meines Buches.
Vielleicht hat es dem einen oder anderen gefallen, einmal in unser durchgeknalltes Leben zu luschern!
Mir hat es jedenfalls viel Freude bereitet, einiges einfach von der Seele zu schreiben.

Es sind ja auch nur Ausschnitte! Vieles war noch turbulenter!
Was würde Finn jetzt sagen: Schlimmer geht immer! Und recht hat er...!
Spiky, unser Hund und ich sitzen hier am Haus auf der Terrasse auf einer Liege und genießen den schönen Sommerabend.

Tschüss......................

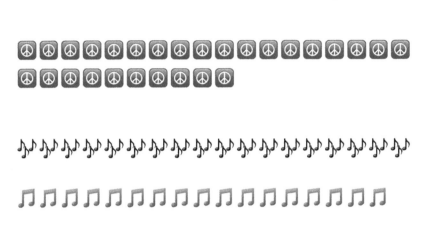